オハヨーッ
またね！

野田照彦・作
清水恵里子・画

てらいんく

オハヨーッ　またね！

もくじ

一学期

二学期

三学期

教師　小田《おだ》

身長一メートル七十センチ・胸囲一メートル二センチの小田《おだ》は、見上げる子どもたちにとってすればしのつく大男に見えたに違《ちが》いない。はやりの長髪《ちょうはつ》は黒々として天然巻き、油光りさえしている。そして、あごまで伸《の》びたもみあげが厳《いか》つい顔に男っぽさとすごみを増している。目をひんむいたら、まるでなまはげのお面のような顔になる。それでも、子どもたちが逃《に》げないのは、どこか小田の顔にあいきょうがあるからだろう。そして、小田は子どもが大好きだということを、顔や言葉のはしばしや仕草に感じとっているからかもしれない。

小田は向こうから母親に手を引かれて歩いてくる子どもにも、平気で手をふったり笑顔《えがお》を送ったりする。妻で教師の藍子《あいこ》先生からは、変質者か人さらいと思われるからやめなさいといつも言われている。

しかし、小田は向こうから歩いてくる小さな子に笑顔を送れない者は教師になってはいけないというポリシーをもっているから、何度注意されてもやめない。大学時代、教員志望の友人に子どもに笑顔が送れないなら教師になるべきではないと論争し断念させた経緯《けいい》がある。

もう一つ小田には変わった思いがある。それは、教師になったら教師らしくない教師になること。一般的《いっぱんてき》に日本の教師は、校門を出てくる姿を見ると、小さな肩《かた》かけカバンをさげ、かみは七三分け、そしてわきめもふらず足早に歩き去っていく。どこから見ても教師である。小田はその型にはまった生き様が気に入らないのだ。

もう一つの思いは、『子どもたちには最大限の熱情を注ぐこと』。「情熱」ではなく「熱情」と考えている。教員養成系《きょういんようせいけい》の学部に在籍《ざいせき》していた小田だが教師になる強い希望はなく、違う職業を目指していた。だから、必須《ひっす》単位以外で自由選択《せんたく》の学問はほとんどほかの学部の授業を受けていた。だから、大学の友人といえば同じ学部の学生より、他学部の学生のほうが多かった。他学部の学生は卒業後の様々な将来像をもっているのに比べ、教育学部の学生は将来像が一つなので世界観がせまいような気がした。話をしていてもあまい考えや政治的偏向《へんこう》性のある者などがいて、小田はこのような学生と熱く語り論破し、教師になることを断念させてしまった。だから、小田が教師になったからには、この友人たちのためにも子どもたちに熱情をもってあたらなければならないと心に誓《ちか》ったのだ。

思いや願いは、各人そんなにたくさんある必要はない、いいしんになるものが一つ二つあればそれでよい。あとに付随《ふずい》してしばりがでてくるものなのだ。

昔の親は子育てのポリシーはそれほど多くなかった。

「他人様《ひと》に迷惑をかけない人間《ひと》になってほしい」

これだけである。

だから、多少頭が悪くとも、かけ足が遅《おそ》くとも、道草をして学校に遅刻《ちこく》しようとも意に介《かい》さなかった。

「お天道様《てんとさま》が見ているよ」

という一言でいさめたものである。お天道様という得体《えたい》の知れないものにも、当時の子どもたちは信じて行動を律したものだ。

科学が発達し、情報が様々に飛《と》び交《か》い、子どもたちにもオカルト的なことについては効力を示さなくなってきている。それでも子どもは子どもである。親の目を背中に背負わさなければならない。現代の親や教師は子どもへの願いが多すぎて子どもをがんじがらめにしている。子どもが小さい頃《ころ》はコントロールできても、年を重ねるうちに対応が難しくなってくる。子どもも歴とした別人格なのだから、それを認めて育てていかなければならない。子どもをいつまでもコントロールできると思っているところに親子の乖離《かいり》が生まれ崩壊《ほうかい》につながっていく。

小田《おだ》のポリシーは一つだけ、「子どもたちに社会性をつける」である。
「子どもたちは社会性をもってはは生まれてこない」のだから……。大人になって共同体に送り出すには社会性をもっていることがいちばん重要であると考えている。学力は基礎《きそ》学力をつけるだけで十分、人間として生きていくのに知的学力はそれほど必要でなく、知識を土台にした考える力が大事であると考える。さらに、もっと力をつけるべきことは他人の心の痛みが分かる人間にさせることであると考えている。

子どもたちを集め、集団の中で社会化していくこと、これが学校の最大の役割《やくわり》である。現代のようにテレビの発達した時代には、衛星放送を活用し家にいながらにして学習することはできる。しかし、集団をベースにし体験を通して社会性をつけることはできない。だからこそ、学校の大きな役割が、集団の中で子どもたちを社会化していくことにあると考えている。毎日、教科の授業ばかりだと生活に節目がなくなる。学校生活にハレの日を設けることによって生活に潤《うるお》いと刺激《しげき》をもたせることができる。このハレの日こそが、学校生活の重要部分であると常々考えている小田なのである。

教室まちがい

小田《おだ》は今日も元気だった。多少鼻水が垂れても微熱《びねつ》があっても、「空元気《から》も元気のうち」と、廊下《ろうか》を元気に歩くのだった。二十分休みに何して遊ぼうか、二十分休みは、放課後は？　朝の職員打ち合わせの間中《あいだじゅう》ずーっと考えていっさいほとんど聞いていなかった。

打ち合わせが終わり、職員室がざわついて小田は我に返った。どうも何か大事なことが連絡《れんらく》されていたような気がする。子どもたちの笑い顔を思いうかべているうちに朝の打ち合わせが終わってしまった。最後のところだけは分かった。子どもたちにも授業中こんなことがたびたびあるんだろうと思いながら隣《となり》の先生に内容を確認した。放課後、臨時の企画会《きかくかい》をするというものであった。小田は企画委員会のメンバーには入っていない、大事な放課後をつぶされなくてよかったとほっとした。机の上にある必要なものをとりまとめて小脇《こわき》にかかえ職員室を出ようとした。

「小田先生」

教頭席からかんだかい声がひびいてきた。小田の苦手な声である。

「運動会のことでどうしても今日中に大筋を話し合っておかなければならないの、先生も運動会委員長だから出てください」

「もう運動会委員長に決まっているんですか？」

「体育主任なんだから……そうなるでしょ」

いずれ運動会委員長はしなければならないとは思ってはいる、しかし、頭ごなしにいわれると小田は素直《すなお》になれない。

……おかしい。

一方的に決めつけることに反発をいつも感じていて、そのたびに逆らっている。上司にとっては扱《あつか》いづらい教師だと感じているに違《ちが》いない。

若いうちはとんがっていてもよい、いずれ角がとれていやおうなしに丸くなる。アリストテレスの時代から「今の若いもんときたらなってない、これからの世の中……」といわれてきた。ピラミッドの石碑《せきひ》にも書かれてあるという。時代はくりかえされる。

小田は運動会委員長と決めつけられたことに反発しているのではない、放課後子どもたちと遊ぶつもりでいたことをじゃまされたことに腹が立っているのだ。

小田は出席簿《しゅっせきぼ》と週案簿を持ち直し職員室を出た。

いつものように廊下《ろうか》を進み、階段をあがった。角を曲がると廊下が一望に見わたせる。いつもは二〜三人が廊下で遊んでいるのに、今日は子どもが外に出ていない。部屋の中からも声も聞こえず、学年が一つ進むとこうも変わるのかと出席簿《しゅっせきぼ》を持ちかえてドアに手をかけた。

教室の前方のドアは開いていない。

ガラーッ。

いつものように思いきってドアを開けた。

「オハヨーッ！」

子どもたちがびっくりしてシーンとしている。

「ん？」

全員の子どもが小田《おだ》を見ている。しかし、昨日とは違《ちが》う顔が座っている。

アレッ……。

小田は教室を見回した。

じっと小田を見つめる子どもたち、何事が起きたのかとビックリして目が点になっている子、微動《びどう》だにしない子。

「うーんとね……」

小田は教室中《きょうしつじゅう》を見わたすと、何事もなかったかのように子どもたちの机の間を通《とお》り抜《ぬ》け、後

ろのドアを開け、ふりむきざまに、

「ま・た・ねー」

と大きな声で出席簿《しゅっせきぼ》をふりながら廊下《ろうか》に出た。

つい夢中になると、一年間通った以前の教室に行ってしまう。

「……またやってしまった」

背中に、あの教室の子どもたちの笑い声が聞こえてくる。

明日はまちがえないゾ、出席簿を小脇《こわき》にかかえなおして気をひきしめた。

階段を下りる。新しい教室は二階である。真っすぐに自分の教室に行かれるのはもうちょっとかかるかもしれない。

でも、もしあの教室にクラスの担任がすでにいたらびっくりするだろう、心しなくては。


「オハヨーッ」

今度はしっかりとクラスの表示板を見て、ドアを勢いよく開けた。ほかの教室よりドアが軽くすべりやすかった。ガラーッと開けた勢いでドアがはねかえって小田《おだ》の体に当たった。

「痛ッ」

笑い転げる子どもたち、本当に痛かったのだがやせがまんをした。

「何がおかしい」

小田はわざと声をあらげた、顔は笑っている。

出席をとり始めた。子どもたちを呼ぶとき、小田は下の名前で呼ぶ。クラスに同姓《どうせい》の子がいたからである。

「タケシ、マサミツ、トシ、タカシ、ヨシフミ……」

「メグ、ミキ、ナオ、ミワ……」

言ってみると案外、家族的雰囲気《ふんいき》でいい。自然と子どもたち同士も下の名前で友達を呼ぶようになった、兄弟姉妹のようである。

出席をとることについては、名前を呼ばなくとも教室をざっと見わたせば欠席している子どもは分かるではないか。子どもがいない場合には、教卓の上に連絡帳《れんらくちょう》も届くはずだ。もし、それがなければ、周りの子に伝言がないか確かめればよい。だから、あえて呼名して出席をとらなくともよいという先輩《せんぱい》もいた。それもなければ家に電話を入れる。教室から職員室にインターホンで確認の連絡を頼《たの》む。以前は担任が職員室に行って家庭と連絡を取っていたが、担任が教室を空けることは、何か事が起きたときに対応が後手になるのではと今ではこのシステムをとっている。担任にとって朝にやることはたくさんある。

小田は呼名をしない時期があった。それでも何も問題はなかった。しかし、呼名することで子どもの返事にいつもと違《ちが》い元気さがなかったら、「家で何かあったか、体調が悪いかだ」と先輩《せんぱい》から教えられたそのときから毎日出席をとるようになった。

出席をとり、朝の会をやって、子どもと昨日の話題で語り合いたいのだが、なかなか有効に使いきれていない。小田《おだ》の悩《なや》みの一つだ。元気に歌を歌って始めるクラスもあるし、子どもが毎日交代で一分間スピーチをやって始まるクラスもある。

小田は受けもった子どもたちの実態で決める。引っこみ思案の子が多いときは一分間スピーチは表現力がついてからにする。無理じいをしないことが子どもたちの能力を引き出すと考えているからだ。次のステップに進むには、前のステップを十分にこなしておかないと、次のステップは不十分なものになるからだ。

今、未成熟な大人が増えたといわれる。それは、子どもの時代に大人扱《あつか》いをされ、子どもらしさの生活のないまま少年になり、青年期にはすでに大人の社会でもまれ、十分な成熟のないうちに成人とさせられてしまうからである。子ども時代には子どもらしさを十分に味わって育ってほしい。

パラサイト人間になったりニートになったり、少子化の中で親も自立をうながさない。社会もおかしなことを許している、フリーターなどという横文字を使いあたかも職業のような錯覚《さっかく》さえ起こさせるが、実は歴とした日雇《ひやと》い労働者なのである。社会の都合で生み出した言葉だ。

こんな社会の荒波の中で若者たちは揺《ゆ》れ動《うご》く小舟《こぶね》のように危《あや》うい存在なのである。

一日のスタートがみんなで気持ちよく始まるように工夫したいと考えている。子どもたちの気持ちと、先生の思いで実践《じっせん》していくのだが、いつもフィットした内容が続かないことにいらだちを覚え、いろいろな参考書をヒントに試してきている。

四月は新しい子どもとの出会い、新しい教室、新しい意気ごみ、すべてが新しいこととの出会いがあって清々《すがすが》しい。過ごしやすい気候も影響《えいきょう》している。日本には四季があり、その折々に風のかおりと花のにおいが情感を誘《さそ》う。

桜ふぶき

四月の国語の授業は詩で始まる。

題名は「花ふぶき」。教室は春のはなやかさを映して明るい雰囲気《ふんいき》であった。

「サトベー、読んでみい」

クラスの中でも活発でひとりっ子のわがままさを十分に残す子であった。休み時間は本領を発揮して動き回る。

手打ち野球で遊んだときも、ゴロを打って一塁《いちるい》にかけこみ、みんながアウトというのにセーフにしてしまうほどのわがままぶり、しかし友達の輪の中には常にいて好かれている。

校庭からは春の日差しが差しこんでいる。

開いた教科書を両手で持って、サトベーは立ち上がった。

「さ・く・ら・ふぶきいー」

サトベーの大きな声のあと、教室が一瞬静寂《いっしゅんせいじゃく》に包まれた。

次の瞬間《しゅんかん》、教室中《きょうしつじゅう》が大きな笑い声に包まれた。その一瞬の静寂がおもしろかった。テレビでは『遠山《とおやま》の金《きん》さん』が視聴率《しちょうりつ》を上げているときである。サトベーが毎週見ていたとは思えないが、おばあちゃん子のサトベーは、おそらくおばあちゃんにつられて見ていたのかもしれない。

みんなが大笑いしているのにサトベーはキョトンとしている。

子どもたちの笑い声が収まっても気づいていない。そのことにまたみんなの笑い声が高まった。

小田《おだ》がサトベーの言い回しをまねして、

「さ・く・ら・ふぶきぃー」

とやると、また教室中が笑う。サトベーはみんなが笑うのでつられて笑っている。

しかし、なぜ笑いが出ているのか分かっていない。

小田は、さらに大きな声で、今度は身ぶりもつけて言った。

「さくら・ふ・ぶ・き・いー」

片腕《かたうで》を着物のえりもとから出すような仕草をして、また大きな声で言った。教室はさらに大爆笑《だいばくしょう》となった。

今度は、サトベーも気がついて照れ笑いが大きくなった。さっき、隣《となり》の女の子が教えてあげてもいたからだ。気を取り直してサトベーが読み始めた。

「は・な・ふ・ぶ・き」
まだクスクス笑う子もいた。さっきの出来事が残っているのだろう。でも、今度はしっかり読み終えた。

詩を読もう

花ふぶき

阪本越郎《さかもとえつろう》

さくらの花の散る下に、
小さな屋根の駅がある。
白い花びらは散りかかり、
駅の中は、
花びらでいっぱい
花びらは、男の子のぼうしにも、
せおった荷物の上にも来てとまる。

……………………

「よく読めた。でも、桜ふぶきにはまいったなあ、サトベーはよく見ているの？　声の調子がテレビそっくりだった」

「いい詩だよね」

「ところでさ。遠山《とおやま》の金《きん》さんってのは本当にいた人か、ドラマで作った人物なのか？」

半数以上の子が本当にいたというほうに手を挙げた。残りの子は首をかしげて考えている。よほどの興味がなければ、まだ習っていない人物を歴史上の人物か、架空《かくう》の人物かなどと分かるはずがない。当てずっぽうに手を挙げないのがこのクラスの子どもたちのよいところだ。やまかんで当たるより、考《かんが》え抜《ぬ》いて外れたほうがよいと小田《おだ》は常々子どもたちに言っている。

「実はなぁ、本当にはいなかったんだ。……」

「わーい」

手を挙げなかった子どもたちから歓声《かんせい》が上がった。

「ウソだよ。本当にはいたんだ」

今度は手を挙げたほうの子どもたちから歓声が上がった。

「遠山の金さんというのは世間の人たちがいっていたあだ名で、本当は遠山金四郎景元《きんしろうかげもと》というんだ」

小田《おだ》は黒板に大きく書いた。

「遠山《とおやま》の金《きん》さんは武士の息子《むすこ》として生まれたが、若い頃《ころ》はまじめに暮らすより遊びほうけて暮らしていたらしい。その時期に、入《い》れ墨《ずみ》を入れたらしい。入れ墨って知っているよな、ひふの表面にペイントするやつよ。ひふの中に染料を針で差しこむからこれは痛いし二度と落ちない。ひふがはれてメチャクチャ痛いそうだ。だからそれをがまんできたことを自慢《じまん》するということもあったそうな。遠山の金さんは若気《わかげ》のいたりというか、その遊びほうけている時代に入れ墨を入れた。いろんな説があって、桜の花びら一枚だけだったとか、右肩《みぎかた》から腕《うで》にかけて桜の花びらがふぶきのように入っていたとか、背中に女の人の生首が描《えが》かれていたとか、諸説紛々」

女の子たちが顔をしかめている。

「テレビドラマに出てくるのは、さっきサトベーが読んだ桜ふぶきのほうよ」

また笑い声が起こった。

「入れ墨は一度ほったら二度と消えない。だから、江戸時代には犯罪人の手首に入れ墨を入れて目印にしていたこともある。おまえたちも入れ墨をするならよーく考えてから入れるように。それに、みんながはだかになるようなところでは一緒《いっしょ》に入らせてくれないからね」

「なんでそんなにしてまで入れ墨をするんだろうか？」

「さっき言った通り、その痛さをがまんし通したところを認められたいからじゃないか。先生も小さい頃、風呂屋《ふろや》で入れ墨をした人に出会ったが、肩から背中一面、おしりのところから足首まで青とももで入れ墨を入れていた。その人の背中の真ん中にははんにゃが描かれていた。きれい、格好いいというよりまともに見られないぐらい怖《こわ》かったのを覚えているよ」

「今は入れ墨のある人は、お風呂屋さんもプールも入れてくれない」

「入れ墨の話になっちゃったな、遠山の金さんの話だった」

すでに脱線《だっせん》をしてこの時間も半分終わろうとしていることに、小田は気づいていない。

「この遠山景元《かげもと》という人は、江戸町奉行《えどまちぶぎょう》の一人だったんだ。といっても北町奉行と南町奉行だけしかなかったんだけどね。奉行所というのは今でいう裁判所。奉行というのは裁判官だったんだね。今から二百年前の頃だ。江戸の町というのは世界でも人の多く集まっている町の一つだったんだ。ロンドンよりも大きかったという」

「じゃあ、ニューヨークよりも？」

「いい質問だ。まだ、ニューヨークという町はなかった。アメリカという国ができたのは一七七六年。やっと国の形ができて幌馬車《ほろばしゃ》に乗って人々が西へ西へと土地と黄金を求めて開拓《かいたく》しにいっていた頃だ。西部劇がこの舞台《ぶたい》だ」

小田の話はとめどなく脱線し続ける。

「なんの話していたっけ？」

「遠山《とおやま》の金《きん》さん」

「誰《だれ》だ！　西部劇の話にしたのは……」

子どもたちがクスクス笑っている。

「遠山の金さんは、若い頃《ころ》遊びほうけていたから、町に出て人々と一緒《いっしょ》に生活することが好きだった。手ぬぐいでほおかぶりをして、ばれないようにして見回っていたわけよ。そして、悪事を働いている者たちに、片はだぬいで桜ふぶきの入《い》れ墨《ずみ》を見せておくんだ。結局、与力《よりき》や岡《おか》っ引《ぴ》きといわれる、今でいえばお巡《まわ》りさんのような人が悪人をつかまえてくる。そうして、お白州《しらす》という石がしきつめられた広場に正座させられる。こりゃ痛いと思うよ、そこへ遠山の金さんが裃姿《かみしもすがた》で登場してくる。罪人たちは、あっしらは何もしちゃおりません、とかなんとか言《い》い逃《のが》れするわけよ。そこでおもむろに遠山の金さんが片はだぬいで『この桜ふぶきが見えないか』となるわけよ。罪人たちが悪事を働いていたときに見た町人姿の金さんの入れ墨なわけだ。

『この桜ふぶきが何もかもお見通しなんだ』と言うと、罪人たちが、『は、はは一っ』というストーリーになるわけよ」

「こんなことで問題が解決してしまうんだから、いい時代よ。平和な時代にも取《と》り締《し》まる人がいなければならないというのは、どんな時代にも悪は滅びないんだねえ。遠山の金さんは北町奉行《ぶぎょう》もやり南町奉行もやったというまれな人なんだ」

「人はよいこともしながら悪いこともする、心の中は割ってみないと分からない。でも、ワルになってはいけない。悪は栄えても必ず滅びる、そして二度と立ち上がらない。ここんところ、よーく覚えておけよ」

「あれ？　詩の勉強だったよね。誰だこんな話をさせたのは……。サトベーだよ。……参ったな」

「さっ。もう一回読もう。じゃ、サトベー読んで。今度はかっこよく大きな声でな、桜ふぶきが待ってるぞ」

サトベーが読み始めた。

「さ・く・ら・ふ・ぶ・き。……」

もう一度教室に笑い声がこだました。サトベーもやるわいと小田《おだ》は感心した。

「今度はばっちりだったな。よく読めた。今度は『さくらふぶき』っていう詩を書いてみようか？」

子どもたちの目が輝《かがや》いたが本気にしていなかった。

……またやってしまった、気づいたらチャイムが鳴る。

校庭の桜の木にはすでに若葉が輝いていた。校庭も一年の始まりの活力を見せていた。

あそび

休み時間、小田《おだ》はできるだけ外に出て子どもたちと一緒《いっしょ》に過ごすように心がけている。しかし、子どもたちにとっての二十分休みも昼休みも、教師にとっては簡単な打ち合わせがあったり、次の授業の準備などがあったりで、なかなか子どもたちと一緒に外に出られない。週に二～三回出られればがんばったといえるほどだ。小田の目的は子どもたちと一緒に遊びたいというより、友達の遊びに入りきれない子を見つけては一緒に遊ばせるためである。だから、独り遊びをしている子やみんなの遊びをそばでじっと見ていたりする子を、自分のクラスの子だけでなく、ほかの学年の子でも手を引いて入れてやる。

「入れてやってくれるかい?」

と小田に言われて、

「ウェー!」

などといやな顔をすれば、小田のカミナリが飛んでくるのが分かっているから絶対に断らない。小田は最初のうちその子と一緒にいるが、慣れてきたら離《はな》れてしまう。それでもその集団はけっこう一緒にチャイムが鳴るまで遊んでしまう。チャイムが鳴って教室に入るとき、その子を呼んで

「みんなにお礼を言いなさい、遊んでくれたんだから」

「ありがとう」

と遊んでもらった子が言うとすかさずマサミツが、

「どういたしまして、またおいで」

と切り返す、このへんのかかわりがとても上手なのである。

次の日も天気がよく外で遊びができた。近頃《ちかごろ》は「フライとり」がはやっている。軟式《なんしき》テニス用のゴムボールを真上に投げ上げてそれを捕《と》り合いする単純な遊びである。フライを捕るというのは簡単そうでこれがなかなか難しい。まして、何人もの子が群がって捕りにいくのでぶつかったりうばいあったりでけっこう楽しめる。

小田も入れてもらった。

大人が投げるのだから、ボールは子どもたちが投げるよりもはるかに高いところまでいく。子どもたちはそれがうれしいのかさらに興奮《こうふん》する。小田もうれしくなって、わざと離れた方向へ投げ上げる。ボールを捕ろうとする集団が右へ左へ動く。なかなか捕れない子がいると、低

い高さで投げ上げてやる。周りの子もそこはその子に捕《と》らせてやる。このクラスの子はそういうことができるのでますますうれしくなってしまう。

小田《おだ》も投げたボールが捕られてしまうと、捕る側になる。しかし、背が高いので子どもたちが手を伸《の》ばしたその上で捕れる。また投げる役になれるのである。

「ずるいよー。また捕っちゃうんだから」

「くやしかったら大きくなってみい」

小田は遠慮《えんりょ》をしない、真剣《しんけん》に遊ぶ。遊んであげるというより、一緒《いっしょ》に遊んでもらっているというほうが当たっている。わざと負けるようなことはしない。その壁《かべ》を乗《の》り越《こ》えてこいというのが哲学《てつがく》である。

あっという間の二十分が過ぎてしまった。汗《あせ》を流している子もいる。

「よく手を洗って、うがいしてから教室帰れや」

小田は職員室に寄って教室に行った。今はもうまちがえずに教室に行ける。

その夜……。

なぜか右肩《みぎかた》の関節が痛い。ぐるぐる回してみると引っかかりもある。どうしたのか分からなかった。四十肩にはまだ早いだろう。

なぜなのか分からないうちに寝《ね》ていた。次の朝、痛みがもっとひどくなってきている。藍子《あいこ》先生にしっぷをしてもらって学校に向かった。黒板に字を書くときも痛みがあって、いつものようには上手に書けない。それでもなんとか二時間めまでは終えた。二十分休みになった。今日も天気がよく、子どもたちはボールを持って校庭に飛び出していった。フライとりが始まった。

あれだ！

昨日調子に乗って軽いテニスボールをブンブン投げたのがたたった。重いボールならふだん野球をやったりしているからそれなりに肩は反応しているが、ほとんど重さのないゴムボールを無理やり投げたので、よくいう肩が抜《ぬ》ける状態《じょうたい》になったのだ。

今日は近くに行って応援《おうえん》をするだけにした。

くりかえすというのは上達につながるものだ。だんだんと子どもたちの投げ上げるボールの高さが高くなり、落下地点への集まり方が速くなってきた。

それにしてもまだ痛む。

残念ながら今日は雨になってしまった。子どもたちは教室や廊下《ろうか》で過ごす。教卓《きょうたく》の周りもいつものように七～八人の子が取り囲んでいる。ノートの点検をしたいのだがさせてくれない。それならと新しい遊びを教えることにした。

『人間知恵の輪』という遊びである。

前からある遊びだが変形バージョンである。先週、リーダー研修会で習ってきたばかりである。元のやり方は、七〜八人の子が中心に向かって並んで手をつなぎ、一人の鬼《おに》がこのつないだ輪を手を放させないようにしてグチャグチャにからませる。そこへ味方の子が来てほどくのである。このやり方はポピュラーで今までやられていたが、必ずほどけるということで低学年に向いている。

今、小田《おだ》が子どもたちに教えようとしているのは習ってきたばかりの変形バージョンで、意外性がおもしろくて早く教えてやりたいと思っていたものである。

十人前後の子どもたちがまるく輪になって中心を向くところまでは同じである。次に、全員が両手を前に出して手をつなぐ。このときの条件は、隣《となり》の子とは絶対手をつながないこと、そして向かい合った同じ人と両手をつながないことである。小田は条件に当てはまってやっているか審判役をした。

「ヨーイ、ドン」

つないだ手を放してはいけないのも条件であるから、男女が入り乱れて手をつないでいる。相談し合いながらその手を徐々《じょじょ》にほどいていくのである。またぎこしたりくぐったり、キャーキャー言いながらほどいている。この変形バージョンがおもしろいのは必ずほどけるとは限らないことなのだ。そして時には二つの輪ができることがあるのだ。試しにやったが子どもたちには評判がよかった。周りで見ていた子どもたちもやりたいと言っていたが二十分休みは終わってしまった。それならグループを作って昼休みにやろうということになった。

……うまく乗せたな、今度のお楽しみ会はこれがメインになるかもと思った。

この遊びをさせて気づいたのだが、まず体力を使うこと、手をつないだまま体を密着させながら動くのはけっこうな運動をするものである。そして、約束（つないだ手を最後まで放さないこと）を守ること。さらにみんなで一つの輪にしようとしていく過程で、命令を出す子どもとその命令に従う子がはっきりすること、つまり誰《だれ》がリーダーシップをとるかフォロワーシップになるかよく分かることである。そしていちばんにこの遊びでよいことは、約束（ルール）を守ることで正義が学べるということである。もともと遊びというのはすべて約束事の上に成り立っており、これを守らないと遊びは成立しないのである。つまり、「遊び」は、正義を学び子どもたちの社会性を育てるすぐれた体験なのである。

昼休みの教室は、まるでお楽しみ会のようになった。グループは四つできて人数は平均化した。給食が終わっているので机は後ろに下げてあり、スペースができている。四つのグループが動くのは十分である。ヨウスケはこの遊びのやり方が理解できないので、小田と一緒《いっしょ》に審判役になった。まず四つのグループを順々に見て回る。ヨウスケが横についている。

「マサミツが手をつないでいない、ブー」

またヨウスケがマサミツにケンカを売っている。マサミツは受け流している。

「ヨウちゃん、次行こう」

素直《すなお》についてくる。もうマサミツのことは忘れている。次のグループのところへ行っても、

「ブ、ブー」

と言ってケンカを売っている。四つのグループの点検が終わった。

「ヨウちゃん、号令かけて」

「ヨーイ。はじめッ！」

各グループがほどき始めた。くぐる子またぐ子、おたがいに声を出しながら急いでいる。三班がすんなりほどけてしゃがんだ。二班と四班がほとんど同時にほどけた。一班はまだもがいている。あまりに時間がかかりそうなので、

「終了《しゅうりょう》！　そこまで。一班がドンジリ」

すかさず大合唱が始まった。

「バツゲーム、バツゲームったらバツゲーム」

「やだあー」

「その約束はしていなかったから、今回はやめておこう」

「二回せーん」

小田《おだ》はまたヨウスケを連れて、点検に回った。

「一つ言うこと忘れてた。誰《だれ》かが外側向きにつながることもオーケーだ。そんなことも出てくる」

「ヨーイ。はじめ！」

ヨウスケのかけ声で二回戦めが始まった。

また、組んずほぐれつしながら楽しんでいる。「トシがまたいで」

「もう少ししゃがんで、そこの二人、もっと手を上げて」

「メグちゃんがくぐって」

「イテテテテ」

「手がちぎれるよー」

「がまん、がまん」

今度は二班がトップだった。やや遅《おく》れて一班、そして三班が一つの輪になってしゃがんだ。

四班がもがいている。

「あれーッ」

「何かおかしいよ、輪っかが二つになっちゃった」

二つの輪ができた状態《じょうたい》になったのである。すでに終わって座って待っている子どもたちにゆっくりと見せた。確かに二つの輪ができている。

「これは特別賞。一等賞だ」

四班の子どもたちは大喜び、はしゃいでいる。負けたと思ったのに一等賞になるなんて思ってもみなかったから余計《よけい》にはしゃいでいる。おかげで三班の子どもたちがゴムでできたさむいのカツラや日本髪《にほんがみ》のカツラをかぶり、踊《おど》る羽目になった。

「バツゲーム、バツゲームったらバツゲーム」

またヨウスケが中に入って踊っている。

ちょうど昼休みが終わった、掃除《そうじ》の時間である。担当とされている場所にそれぞれにわかれて掃除に行く。教室と廊下《ろうか》と昇降口《しょうこうぐち》と生活科室四ヶ所あるので見て回るのが大変である。小田はすべて回れないので一日ずつ順番に回っている。教室と廊下は一緒《いっしょ》に見られるので三ヶ所をローテーションしている。

掃《は》く、拭《ふ》く、取るという単純な作業ゆえについつい遊んでしまう子もいる。しかもほうきで部屋を掃く、ゴミを集めて捨てるという掃除の仕方は、もう家庭の中にはなかなか見られない。掃除機の時代である。ほうきで掃いてちりとりでゴミを集める。だから、このような掃除が、かつての日本にはあったのだという文化を経験させているようなものなのである。

教室の掃除ひとつとっても、まず黒板のある前の方から半分を全体的に掃く、そして、床《ゆか》を拭《ふ》いて机を前に集め、今度は後ろ半分を掃《は》いてゴミを取ってぞうきんで拭いて机をずらす。

その時点でほこりが舞《ま》い上《あ》がる。五時間めには子どもたちの頭の上にそーっと降りてくる。大きなゴミは別としてちりのたぐいはとれていない。小田《おだ》はそれがいやで自分の家にあった古い掃除機《そうじき》を持ってきた。床《ゆか》の木目に入った砂や給食の食べかすまでとれているので、けっこう得心していた。今の時代にも合っている。

子どもたちが競《きそ》って掃除をするようになってきた。

この話を聞いてヨウスケの親から連絡《れんらく》があった。ヨウスケの家は電器屋である。古くなった掃除機などを下取りしてくるので、教室に差し上げたいというのである。喜んで受けることにした。

なんと、新品ではないかと思うくらいの掃除機であった。今度は子どもたちが掃除機の取り合いになった。当然、いただいたほうに人気が集まった。そこで小田は、新しくもらった掃除機は順番を班で決めるようにして当番活動が始まった。いつもはさぼりがちなサトベーが掃除を楽しんでいる。真剣《しんけん》なのだ。

「ウィーン」という高い音とともに教室の蛍光灯《けいこうとう》が消えた。何事か分からなかった。スイッチをいじっても蛍光灯はつかない、隣《となり》のクラスも消えてしまって、どうしたのかたずねられた。知らんふりをしようと思ったが、どうも原因がこのクラスにありそうなので、

「すぐに調べてくれるよう主事さんに頼《たの》んできますよ」
と言って教室を出た。ブレーカーが落ちたに違《ちが》いない、配電盤《はいでんばん》のカギを持って帰ってきた。案の定ブレーカーのスイッチが落ちていた。隣のクラスも蛍光灯がついて、それ以上の追及《ついきゅう》はなかった。とりあえず掃除機は一台だけを使うことにした。

十日もたつと教室のザラザラ感がなくなり、なぜかきれいになったような気がした。いつまでも掃き掃除ではないだろう、学校は文化を伝えるところとはいえ、時代遅《じだいおく》れの文化を伝統美として伝承しているにすぎないのである。新しい時代には新しい教育の形がある。学校が文化をリードしてきた時代は終わったのか。

教室がいつもきれいな感じであるので寝《ね》そべったり、床に座ったりすることが平気になってきている。だから休み時間も授業中も床に座ることや床で作業をすることは日常茶飯事《にちじょうさはんじ》である。だからこそ、きれいにしておかなければならないことを子どもたちに常々言い聞かせている。

近頃《ちかごろ》、子どもたちの集中力が欠けてきたように感じる。日常のくりかえしがこんな状態《じょうたい》になる。このような雰囲気《ふんいき》の中で授業を進めるのはあまり効果がない。だから、学習への意欲づけや、興味・関心を引くような材料を集めて授業を展開することになる。

そして、いよいよとなると授業開始前に「三十秒ゲーム」などをしたりする。

「ヨーイ、ハイッ」

小田《おだ》が腕時計《うでどけい》を見ながら号令をかける。立ち上がっている子どもたちは自分で三十秒を感覚で数え、三十秒たったと思ったら座るのである。三十秒にいちばん近い子が優勝というゲームである。カウントの速い子は二十秒ぐらいで座り、遅《おそ》い子でも三十五秒ぐらいで座る。短時間で必ず決着がつく単純なゲームである。

何人かの子が目を上にしてカウントしている。ほとんどの子が三十秒で座った。

「すばらしい。ほとんどの子が三十秒だ。やるねー」

子どもたちはニヤニヤしている。小田は意味が分からなかった。クスクス笑っている。

「もう一度やるか」

今度も子どもたちは上目づかいである、ほとんど三十秒で座った。またみんなクスクス笑っている。小田はふりかえって子どもたちの目線の先を見た。なんと、時計がぶら下がっている。秒針がしっかり回っている。

「なんじゃ。時計を見ていたのか」

教室中《きょうしつじゅう》が大笑いになった。

「よーし、ならば今度はそうはさせんぞ」小田は教室の廊下側《ろうかがわ》の壁《かべ》に立った。

「いくぞ。時計をカンニングするなよ。ヨーイ」

子どもたちにとって時計は横の方向になる。今度は三十秒にばらつきがあった。

「四回戦め！　ヨーイ、始め」

途中《とちゅう》から小田が声を出し始めた。

「十五・十八・二十一・十三・二十九……」

メチャクチャな数字を大声で言った。子どもたちは耳をふさいでうるさいうるさいといわんばかりの顔をしている。大混乱のうちに三十秒が過ぎた。

「ずるいよー。うるさくて計れなかったじゃないかー」

「何言ってる。三十秒ゲームだ。一心不乱にカウントすれば、先生のじゃまは気にならない」

「さぁ、五回戦め！」

「先生が大声出さないで！」

「分かった、分かった。声は出さない」

「ヨーイ、始めッ」

小田はカセットデッキを取り出しボリュームを上げ音楽を流した。

また、子どもたちは耳をふさいでいる。またも大混乱のうちに終わった。

「ずるいよー」

「声は出さないと言ったが音楽を流さないとは言わなかったぞ」

「……」

子どもたちは小田《おだ》のやんちゃぶりにあきれかえっていた。

「集中するというのは大変なことなんだ。だから、勉強するときに静かにしないと頭に入らないんだ。廊下《ろうか》を歩くときも、隣《となり》の教室が勉強しているなら、静かにして声も立てずに歩くことが大事なんだ。それが、集中して勉強している友達への思いやりなんだ。分かったか?」

子どもたちは納得《なっとく》して聞いている。

それからの何日かは教室が静かになった。小田は教室が落ち着かなくなるとこの三十秒ゲームをする。

これにひねりを加えた『三十秒ゲーム』も時々やる。二人組になって両手を組む、そして三十秒になったら座るのである。

様子を見ていると不思議なことにどちらかの子が座ろうとすると必ずもう一人はつられて座るのである。自分のカウントした秒数はどこかへ飛んでしまうのである。何度やっても同じような結果で、人間というのは自立しているようでつられて行動していることのほうが多いと思わされるのである。

三人組や四人組でもやったが、背中合わせの輪が不安定になって危ないのでいつも二人組でやっている。

移動教室

二日めの山登りはくもり空にめぐまれ、大汗《おおあせ》をかくこともなく、全員が楽しく歩き通すことができた。さすがに登りの道では山歩きに不得手な子が落伍《らくご》したりして二〜三人がへばった。無事山頂に着いて、視界が広がると子どもたちから歓声《かんせい》があがった。

集団の先頭は新山《にいやま》先生、個人的に山登りが好きで、このぐらいの山登りは丘《おか》を登っているようで大したことはないと豪語《ごうご》していた通り、後ろもふりむかずどんどんと登っていってしまう。そのうちに集団はばらけてきて、歩きの苦手な子が息をきらして離《はな》れてくる。落伍した子どもたちは、小田《おだ》のクラスにのみこまれた。それも小田のクラスの最後尾《さいこうび》にまで行ってしまった。そこには校長と養護の先生がいる。子どものおしりを押《お》しながら登ってくるのが見える。

やっと最初の休憩《きゅうけい》地点にたどりついた。さわやかな風と、どこからか聞こえる小鳥の声が疲《つか》れた体をいやしてくれる。すでに1組は水筒《すいとう》のお茶を飲んで休んでいた。小田のクラスがたどり着き、子どもたちが水筒のお茶を飲み、配られたアメをなめ始めたところで、山登りの苦手な子どもたちが到着《とうちゃく》した。

「はい、出発しまーす」

新山先生の声が笛の合図《あいず》とともに木々の間から下ってきた。山登りの苦手な子は今着いたばかりで、リュックをおろしたところである。校長先生もぶ然とした顔をしている。１組の子どもたちはリュックサックを背負い始めている。

「きみたちは、まだ休んでいていいよ。こっちのクラスと一緒《いっしょ》でいい」

小田は、山登りの苦手な1組の子どもたちに声をかけた。

確かに、山登りが苦手な子のペースに合わせたら宿舎に戻《もど》るのは大はばに遅《おく》れる。計画されたように進めなければならないのは分かる。しかし、こうすることで山登りのきらいな子どもを作ってしまうのではないかとも思うのである。

最近は家庭で一〇〇〇メートルぐらいの山に出かける経験のある子は約20％もいない。潮干《しおひ》狩《が》りの経験も少ない。自然体験が減っているのである。家庭でできないから学校で連れていくのか……。

初めての山登り。こんなことだと一～二割の子どもを山ぎらいにしてしまうのではないか。学校で十分な基礎《きそ》体力をつけ、山登りが克服《こくふく》できる体をつくらせてやらなければならないのか。小田は悩《なや》み続けた。おいしそうに水筒の水を飲む子どもが山ぎらいにならないように気を配りながら、一息ついたところで笛を吹《ふ》いた。 また山歩きが始まった。1組はかなり先を登っているようで、声も聞こえない。ひんやりした山の風が子どもたちの体を包んでいた。

一八〇度以上の広がりで視界がひらけ、遠くかすむ山なみの向こうに雪をかぶった富士山《ふじさん》が見える。曇天《どんてん》ではあったが、富士山はよく見えた。いたしかたなく下ばかり向いて歩く子どもたちは、休憩《きゅうけい》時に間近に見える富士の姿に感動していた。小田《おだ》は、富士は世界でいちばん美しい山であると思っていたが、さらにその思いを強めた。

それぞれグループごとに昼食をとった。風の清々《すがすが》しさ、木々のにおい、美しい富士、こんなにそろっていれば弁当がおいしくないはずがない。山頂でひとしきり休憩をとったあと下山を始めた。やや元気が出たのかリズミカルな足どりになった。子どもたちの中から歌がとびだし、その輪がだんだんと広がっていった。ふりむくと、登山の苦手な子の荷物を背負って歩いてくれている子もでてきた。足並がひとつになって、みんなで歌を歌う雰囲気《ふんいき》になったのか、活気づいてきた。山登りの苦手な子も背中が軽いこともあって元気に歌いながら歩いている。

宿舎に到着《とうちゃく》すると冷えた牛乳が待っていた。高原の中で飲む牛乳は格別な味であった。もったいなさそうに子どもたちは少しずつ飲んでいる。

全員無事に帰ってくることは行事を実施《じっし》する上で究極の目標、この移動教室のメインイベントであるから、これが無事終了《しゅうりょう》したということは喜びであった。先発していた1組は、2組が十分以上待っても到着しないので部屋に戻《もど》ってしまっていた。このことに校長は大変お怒《いか》りのご様子であった。

「しまりのない終わり方だ……」

一つの活動が終わったところで全員でふりかえりをし、喜びや苦しみを共有し、次の活動につなげるのである。活動の質を高めるには、これがなければならないと小田も常々思っている。移動教室など限られた日程の中で、次々と活動をこなしていくには悠長《ゆうちょう》なことは言っていられない。だから1組は、次の活動に備えて部屋に戻ってしまったのだ。風呂《ふろ》に入れさせなければならない。そのこともあったのだろう、でも活動をこなしていくだけでは単なる思い出作りになってしまう。感動して、反省して、ふりかえる。このことが次の活動の質を高めるからである。

2組だけ校長から簡単にお話をしてもらって部屋に戻った。お怒りも少しやわらいだ。

宿舎は丘《おか》の中腹にあり、うなぎの寝床《ねどこ》のような建物が四棟《とう》並んでいる。本部と大浴場、ほかの三棟は子どもたちの居住空間である。その宿泊棟は、三十畳《じょう》ぐらいの部屋が二つ、おくに女の子の部屋、入り口に近い方を男子の部屋にしている。トイレは宿舎の出入り口のところにあり、女子は男子の部屋を通らないと行けないという時代ものであった。風呂は丘のいちばん上に建っている棟《むね》にある。まるで風呂屋に行くように、着がえやタオルをかかえてゾロゾロと石段を上っていくのである。大きな風呂なので、クラス全員が出かけて行って帰ってくる。せっかく風呂《ふろ》で温まっても部屋に着く頃《ころ》は湯冷めがする。

小田《おだ》は小さい頃、近所にもらい風呂に行っていたことを思い出した。夏ならともかく、冬は着重ねしないとカゼをひくといわれ厚着をして帰ってきたことを思い出していた。小田の母が子どもをおんぶし、抱《だ》っこして手を引いて風呂おけをかかえて歩いている姿が目にうかんだ。今、小田の後ろからゾロゾロとついてくる子どもたちを見て、あらためて親代わりをしていると感じた。

1組が出終わったあと脱衣所《だついじょ》を確認すると、忘れ物の定番の靴下《くつした》、タオル、そしてパンツが置きざりにされている。『持ち物にはすべて記名を』と保護者会では言うのだが、タオルには書かれていても靴下には書かれていない。物が豊かになってきたこともあり、子どもたちには自分の持ち物の意識が不足してきているので、集まったときにみなの前で知らせても取りにくる子がいない。もっともみなの前で忘れ物のパンツを取りにくる勇気をもち合わせる子は少ない。

集団で風呂に入ることなど経験が少ないから、その楽しさに子どもたちはついついはしゃいでしまう。一緒《いっしょ》に大きな湯舟《ゆぶね》に入って適当に子どもたちをコントロールすることが必要になってくる。タオルも持たずに入ってくる子、バスタオルを持って湯舟に入ってくる子、体を流さずに湯舟に入ろうとする子、本当に家で風呂の入り方を教わっているのか疑いたくなる。全員がひとしきり湯舟につかったところに、校長が来た。風呂での集合写真を撮《と》るためだ。

「小さなオチンチンは見せるな」

「撮るヨー」

いもの子を洗うとはこういうことか。みんな笑顔《えがお》で写真に収まっている。子どもたちに、使った風呂おけと椅子《いす》をきちんと重ねて片づけさせ、部屋に戻《もど》った。忘れ物は今日はなかった。

小田はキャンプファイヤーの準備にとりかかった。一息入れるひまもない、それは係の子どもたちも同じだ。レク係の子は本部に集合してラジカセやテープの点検、懐中《かいちゅう》電灯も明かりがつくか調べる。

その間、小田はキャンプ場に行って、たきぎを組んでファイヤーを作る。バケツに水も用意する。ファイヤーに火をともすたいまつも作った。火の子役になる子どもたちも呼んでリハーサルをした。校長には火の神様の役をお願いして衣装《いしょう》もわたしてある。せりふは自分で考えてもらっている。最後にサプライズを考えている。その点検も終わった。

もうすでに太陽は山の向こうにかげを落とし夕闇《ゆうやみ》になっている。子どもたちが新山《にいやま》先生に引率《いんそつ》されてキャンプファイヤー場に入ってきた。校長も火の子たちも木のかげにかくれている。整列が終わり注意事項を聞いていよいよ開始である。

レク係の子が、

「それでは、火の神様の登場です」

と言うと、木かげにかくれていた校長がたいまつに火をつけて場内におごそかに入ってきた。教室の古くなったカーテンを二つ折りにして首を出すところに穴を開け、金色のテープで腰を結んだだけのものであるが、夕闇《ゆうやみ》の中ではギリシャ神話に出てくる神のようにも見える。レク係の子どもたちの力作である。金色のかんむりがまた引き立っている。しずしずと子どもたちの前をぐるっと回り立ち止まった、火の子どもたちも後に続いて歩いてきた。

「人間が動物と違《ちが》うのは……」

朗々と校長の大きな声が木立《こだち》の中を抜《ぬ》けていく、

「火を自在に使うことができるところにあるのです。人は火を使うことで体を温め、生の肉を焼いて食べることで病気にならなくてすむようになってきたのです。暗闇を照らす火はけものから身を守り、人々の心を温かくしてくれます。火こそが人の生活を変えてきました。しかし、扱《あつか》い方をまちがえるとケガもし時には死ぬことさえあるのです。この火をこれからも大切に扱い、人として元気に生きていきましょう。

それでは、この火を分けてあげましょう」

火の子のたいまつに火を移しつけた。

「君には友情の火を」

「君には勇気の火を」

「君には信頼《しんらい》の火を」

「君には元気の火を」

火をもらってファイヤーの周りを囲んだ。火のついたたいまつを五人が差しこんだ。ファイヤーは一気に燃え上がった。木っぱには灯油がかけてあったのである。子どもたちは目の前にあるファイヤーに興奮《こうふん》した。火の粉が飛びはねる、こんな光景はテレビでは見ているものの、じかに目の前で見ると熱さも伝わって心を踊《おど》らせる。

「燃えろよ燃えろーよ、ほのおよ燃えろーー」

みんなの合唱で始まった。

「最初にやるのはフォークダンスです」

マイムマイムだ。すでに学校で練習はしてきている。手をつないだ円が動きだした。隣《となり》が女の子だと格好つけて手をつながない男の子がいる。小田《おだ》のクラスは、ふだんから『人間知恵の輪』をやっているので抵抗《ていこう》なく手をつないでいる。隣のクラスは練習のときもなかなか手をつながず、注意をたびたび受けて白けたムードになってしまった。今夜も同じようになってしまうのか、小田は手のとぎれているところの間に入って手をつないだ。

「マイム・マイム・マイム・マイム・マ・イ・ム……」

大きな声で円の中心に歩いていく。小田《おだ》は両脇《りょうわき》の子どもの手をしっかりにぎり真っ先に歩いていく、ほとんどファイヤーのところまで。つられてほとんどの子が火の間近まで近づいて喜んで踊《おど》っている。新山《にいやま》先生が危ないからと制止しに近づいてきて両手を広げて通せんぼしている。

「次はオクラホマミキサーでーす」

司会もがんばっている。台本が見えないので、隣《となり》の子が懐中《かいちゅう》電灯で台本を照らしている。その隣でラジカセにテープを入れ音楽を流す係の子がいる。

今度のダンスはパートナーチェンジをするのでまた手をつなぎたがらない子が出てくるのではと気をもんだが、新山先生や保健の先生そして校長まで輪の中に入ってくれて一緒《いっしょ》に踊ろうとしてくれている。おかげで楽しく踊り終えることができた。

「次はクイズでーす」

○×クイズである。これも同じような問題で、学校の全校集会で体験してきているので進行はスムーズである。

「まちがえた人はしゃがんでください。それでは第一問」

「この移動教室は、静岡県に来ている。○か×か?」

移動教室のしおりをしっかり読んできていれば分かる問題である。小田はファイヤーの火が消えないようにたきぎをくべたり水をかけたり汗《あせ》だくになっている。水をかけるたびに火の粉が舞《ま》い上《あ》がり、子どもたちの歓声《かんせい》が上がる。それが楽しみで小田は思いっきりたきぎをくべ、ほのおを大きくしては水をかけて遊んでいる。こんな大きなほのおを子どもたちは目の前で見たことはないだろう。

三割ぐらいの子がしゃがんだ。キャーキャーと言って火の粉をさけようとして逃《に》げ回《まわ》る。「しおりのどこを見てきたんだよ!」小田は大きな声で叫《さけ》んだ。

「第二問でーす」

「十秒以内に答えてください。439×18は7900である。◯か×か、◯と思う人手を挙げてください」

「エーッ、分からないよー」

ほとんどの子がしょうがなく手を挙げている。一気に残りが二割くらいになってしまった。だいたい、かける数とかけられる数の下一けたを考えれば答の下一けたが0になるわけはないのだが、とっさに言われると思いつかないものである。移動教室でこんな問題もないだろうが、ふだん何を教えているのか情けなくなった。

「ちょっと早いけど、敗者復活戦でーす」正解者が少なくなったのでもっと後に出す予定だった問題を出すことになった。

「みなさん立ってください」

また参加できるのでみんな勇んでいる。

「それでは、バルタン星から来たクミちゃんとジャンケンしてくださーい。相手はバルタン星人でーす。勝った人だけ復活できまーす。あいこはダメでーす」

「ジャーン、ケン、ポイ」

このバルタン星人というところがミソなのだ、バルタン星人はカニのような格好をしていて手はハサミしか出せない。学校の全校集会でも時々やるので子どもたちはお手のものである。しかし、こんなときにもパーを出したりチョキを出したりしてしまう子がいるのである。五～六人がしゃがんだ。

「第三問でーす」

「今年のキャンプファイヤーで、火の神様の役をやったのは校長先生である。○か×か。○だと思う人は手を挙げてください」

たくさんの子が手を挙げた。

クイズばかりやっていると体が冷えてくるので、またフォークダンスになった、ましてもう風呂《ふろ》にも入っているので湯冷めが心配だ。ファイヤーの火もたきぎが少なくなってきてチョロ火になってきた。

マイムマイムで体を動かすことに予定を変更した。今度は手をつなぐのをいやがっていたあの男の子も手をつないでいる。また小田《おだ》は子どもたちの手を引っ張って火の間近まで連れていった。こんなとき小田は子ども心になってしまってはしゃいでしまう。教師としての長所でもあり、欠点でもある。

ほとんどの予定を終え、キャンプファイヤーも大づめを迎《むか》えた。終わりの式でクイズの優勝班の紹介《しょうかい》と個人賞の発表があった。ファイヤーはすでにたきぎ組みのための木がなくなって崩《くず》れ落ち、わずかに火が燃えている程度であった。

「遠き山に日は落ちて……」

小田はたきぎ組みにさらに水をまき、火を小さくした。

「これでキャンプファイヤーを終わります」司会の子たちが閉会の言葉を言った。

小田はこのあとのことについて連絡《れんらく》をした。そして、最後にレク係の子どもたちをほめた。

「あわてて宿舎に帰らないように。余韻《よいん》を楽しんでから帰るように」

と付け加えた。帰りは一列にして宿舎に帰した。

キャンプ場から宿舎の入り口までの道の両側に、小さな火を点々とともしておいたのである。アルミのケーキカップにアルコールをしみこませただっし綿を入れ、火をつけているのである。青白いほのおが道の両側にえんえんと続いているのはきれいなものである。子どもたち

はまた興奮《こうふん》しながら宿舎に帰っていった。

予報通り、キャンプファイヤーが終わった後に雨が降り始めた。屋根に当たる雨音が一段と大きくなってきた。ラッキーだった。天気予報ではもっと早い時間から降ると報じられていたのだ。興奮冷めやらぬ子どもたちは、キャンプファイヤーが始まる前に風呂《ふろ》に入り、寝床《ねどこ》を作っていたので、歯みがきをしてトイレに行ってから寝床に入った。昼は山登りだったので疲《つか》れもあり早く寝るだろう。

すでに今日の反省と明日の打ち合わせは終えて、小田《おだ》は本部から傘《かさ》をさして帰ってきた。あとは子どもたちの様子を見、寝かしつけるだけである。小田は宿舎の入り口脇《わき》にある小さな部屋に入った。三畳《じょう》一間の窓もない部屋である。疲れが来たのか壁《かべ》に寄りかかってついウトウトとした。

雨の音がやんでいる、目を開けると部屋の外に人の気配がする。

そこには校長が立っていた。見回りに来たのだという。

「何かと大変だねえ、本部に来て疲れ直しをしないか？」

「あ、はい」

酒の大好きな校長である。誘《さそ》われるがまま返事をした。

「寝静まったのを見届けてからうかがいます」

校長は相手が見つかったのでうれしそうにぐるっと部屋を回って宿舎を出ていった。シーンと静まり返った部屋は、時折寝《ね》がえりを打つ物音ぐらいしか聞こえなかった。小田《おだ》は懐中《かいちゅう》電灯の先に手をかぶせて部屋を見回った。どの子もぐっすりと寝ている。昼間の登山の影響《えいきょう》かもしれない。

見回りがあとわずかというところでビックリした。男の子がふとんの上に正座をしているのである。キム君だ。

「センセイ、水」

なおさら驚《おどろ》いた。真《ま》っ暗闇《くらやみ》の中で手かざした光の中に座っている様は、横になって寝ていることがあたりまえと思っている者にとっては驚きに値する。まして、

「みず……」

と言われたら不気味である。小田はしゃがみ、小声で訳を聞いた。寝る前に飲みなさいとお母さんから言われていた薬を飲み忘れたというのである。あいにく、部屋には飲用の水道はない、本部棟《ほんぶとう》にだけ湯冷ましがあるのである。

「ちょっと待ってて。持ってきてあげるからね」

小田は部屋を出て、傘《かさ》をさして外に出た。雨はやんだとはいえ、細かい降りは続いていた。懐中電灯の明かりを頼《たよ》りに足もとだけを照らすと周りは全く漆黒《しっこく》の闇で、葉から落ちる雨つぶ

の音さえ恐怖《きょうふ》を覚える。

本部棟で湯冷ましを入れて宿舎に戻《もど》ろうとしたが、なにやら勇気をふるいたたせないと足が進まない感じがした。小さな物音も誰《だれ》かが後ろからついてきているようで、帰りは下り階段ということもあって思わず早足になってしまった。

キム君に薬を飲ませて一息つき、本部棟に出かけた。

校長と写真屋さんがすでに飲み始めていた。たたみの上にビール瓶《びん》が数本寝かせてあり、もう飲み始めてから時がたっているようであった。無造作に破かれたかわき菓子《がし》の袋《ふくろ》が口を開けていた。今日の子どもの様子やハプニングなど、おもしろおかしくひとしきりを過ごした。校長も酒が進んだのか、居眠《いねむ》りをし始めたので片づけをし、ふとんに寝てもらって部屋を出た。

せっかくの酔《よ》いが夜風で冷やされ、さめたような気がした。見回りをしてから寝ようと思ったが、その時間まで少し早かったので後ですることにしてちょっと横になった。なかなか眠りにつけなかったが、本部棟からの帰り道であたった外気でさめた酔いがまた戻ってきたように気分がよくなっていた。

男子の部屋の騒《さわ》がしい声で目が覚めた。ドアのすきまから光がもれている。もう夜が明けている。飛び起きた。時計を見ると五時半。ふとんをはねとばして立ち上がり、男子の部屋に入った。キム君の周りに群がるように子どもたちがいる。小田が入ってきたことに気づいて何人かの子は自分のふとんに戻《もど》って寝《ね》たふりをした。隣《となり》の部屋からのぞき見に来ていた女の子たちは部屋に戻ってふすまを閉めた。

……しまったッ。

状況《じょうきょう》はすぐに理解できた。キム君はふとんに正座をして泣きじゃくっている。小田《おだ》はどのようにしてその場をとりつくろうか考えた。

「どうしたんだ」

わざと平静をよそおって聞いた。ヨシフミが黙《だま》ってキム君の座っているところを指さした。丸く黄色くふとんがぬれている。

小学校高学年になってもオネショをする子はいる。だから宿泊《しゅくはく》を伴《ともな》う行事のときは、必ず夜起こしてほしい子どもの親から連絡《れんらく》をもらう。もちろん、常備薬やアレルギーのこともである。今回はキム君のお母さんが放課後こっそりと教室を訪ねてきてそのことの申しこみを受けていた。

「夜寝る前には水を飲まないようにいうのですが、咽喉《のど》がかわくらしく飲んではオネショをするんです」

小声で恥《は》じいるように言った。

「ご心配でしょ。必ず起こしてトイレに行かせますから。実は、わたしも小学校六年生までオネショしていたんです。内緒《ないしょ》にしておいてください」

小田は真顔で言った。キム君のお母さんはまさかというような顔をして小田をじっと見た。

「想像力の強い子は、いつまでもオネショをするというんです。今でもわたしは納得《なっとく》しているんですが、キム君もわたしと同じで想像力が強いんです」

変なこじつけのようだったが、お母さんは少し安心したかのようにほほえんだ。

午前一時頃《ごろ》トイレに行かせてほしい。了解《りょうかい》して移動教室に来た。キム君はオネショをしてしまわないかとたぶん緊張《きんちょう》してなかなか眠《ねむ》られなかったと思う。楽しいはずの行事が一転して悲しい思い出になってしまうのだから……。

周りの子どもたちはそんなにやゆしている感じはしなかったが、じっと周りを取り囲んでいる。

「なーんだ。それか」

「実はなぁ、昨日見回りをしているときにな、キム君はふとんをはだけておへそ丸出しで寝ていたのよ」

誰《だれ》も笑わない。

「ふとんをかけてやろうと思ったら、先生が手にしていたお茶をこぼしてしまったのさ。キム君を起こそうと思ったけどグッスリ寝ていたのでそのままにしたのさ。キム君ごめんな」

キム君はもう泣きやんではいたが、悲しみの顔は変わりなかった。隣《となり》の部屋の女の子たちも少しずつ集まってきていた。

「すぐにシーツをかえてやればよかったのに、先生が横着《おうちゃく》したのがいけなかった。本当に申し訳ないことをした。キム君に謝《あやま》る。ゴメンなさい」

小田《おだ》がこんな風に謝ることは今まで聞いたことがなかったので、子どもたちは神妙《しんみょう》にしていた。

「みんなキム君を疑っているかもしれないがすべて先生の責任だ。分かってくれるか、分かったな」

いつもの小田に戻《もど》っていた。強引に説得しようとしている。子どもたちは納得《なっとく》はしなくても説得はされている。

「『先生』といってもすべてまちがいなくなんでもできるとは限らない。いや、ミスばっかりしている。しかし、ミスをしてもなんとか立ち直るよう努力するからミスがミスでも小さく収まる。でも、今回はミスの処理をさぼった。すぐに対応していればこんなことにはならなかった。先生は本当に情けない」

「これがキム君のオネショだと思っている人がいたかもしれないが、先生がこぼしたお茶のせいだ。ふとんをはだけて寝《ね》ていたキム君が犠牲者《ぎせいしゃ》になってしまったんだ。たまたまキム君であって、もしかしたらマサミツのところで起こったかもしれなかったんだ」

マサミツが自分がオネショしたかのように照れている。こんなときに名前を出してもからっとしていてくれる子だ。

「さぁ、分かったら朝の準備！　朝礼に間に合うように」

子どもたちが散っていった。小田はキム君のふとんを丸めて自分の部屋に運んだ。キム君の涙顔《なみだがお》と自分の情けなさが交錯《こうさく》していたたまれなかった。

気合いを入れて子どもたちの部屋に戻った。かけ声をかけながら横目でキム君の方をチラッと見た。朝のしたくをしているが、さっきの涙顔は消えてはなく、また小田の心が痛んだ。

……酒は飲まない。もう二度と酒は飲むまい。

それ以来、小田はぷっつりと酒をやめた。飲む機会は様々にありグラスを目の前に手が伸《の》びるが、見つめるとキム君の涙顔がうかんできてグラスを置いてしまうのだ。

牛乳瓶《びん》とアゲハチョウ

教室は活発すぎるほどの元気な子どもたちに満ちあふれていて、これ以上のものはなくともよいのだが、対照的に何か静かなものがあると雰囲気《ふんいき》がなごむのではないかと、小田《おだ》はなるべく生き物を飼うように心がけてきた。

それは小田が小さい頃《ころ》からの母親の影響《えいきょう》にあるともいえる。小田の母親は花が好きで、家の庭にはそれこそ四季折々に色とりどりの花を咲《さ》かせていた。

気づかぬうちに庭の片すみで花が咲き、季節を教えてくれるのである。そして、まるで花博士のように母は花の名前を知っていて感心させられた。大して広くもない部屋にいけるためはさみを持っては小田を庭に連れ出し、咲いている花を切りながらその花の名前を教えてくれた。

「これが吾亦紅《われもこう》だよ」

その暗紫色《あんししょく》の花にはなんの関心ももたなかったが、なぜワレモコウという名前にしたのか、誰《だれ》が名付けたのか興味《きょうみ》がわいた。

「これが百日紅《さるすべり》。きれいな花だろ、風のない日にくすぐると笑うんだよ」

「えーっ」

母の目は笑っていた。小田は半信半疑ながら幹をこすってみた。大きくこすると花がかすかにふるえて笑っているようにも感じた。

そんなはずはない。

花が笑うなんて小田は子どもながらも信じられなかったが、母の笑っている目を見て素直《すなお》に信じた。

秋には野ぎく、春にはしばざくら、夏にはカンナ、はげいとう、ひまわり、みんな季節を教えてくれた。

登校するときに、母が庭に出て花を切ってきて新聞紙にくるみ、教室に持っていかされた。花が教室にあるのとないのとでは雰囲気がまるで違《ちが》うことはこの頃から感じていた。

小田の家には犬もいた。雑種の犬で、番犬として飼っているわけでもない。

大雨の降った翌日、家のすぐ裏の川の中州《なかす》に取り残され、ウォーンウォーンと悲しげに鳴く声に、小田の父親がはしごをかけて救ってきた犬である。毛はぬれ、小刻みに父の胸の中でふるえていた。温めた牛乳を飲み毛布にくるまって寝《ね》た。それ以来家族の一員となった。

にわとりも飼っていた。シャモである。軍鶏《しゃも》と書く通りケンカっぱやい。小屋の中に卵を取りにいくと、追ってきて両足でけりにくる。うす茶色の卵は家族の栄養源になっていたが、卵を取りにいくのは小田《おだ》にとっては命がけであった。時にはにわとり小屋の掃除《そうじ》もしなければならない。それも小田の仕事で、あの独特のにおいは鼻につき、小田は息を止めながら糞《ふん》を掃《は》き、息をするために小屋を出た。集めた糞は庭の片すみに穴を掘《ほ》ってうめた。ほうきとちりとりを持って入っているからか、シャモは戦いをいどんでこない。素直《すなお》に逃《に》げ回《まわ》っているのである。小田がほうきをふりまわしているからかもしれない。やはり、卵を持っていってしまうということは、にわとりでも感じるところがあるのだろう。ひたすら生きるということに命をかけているからこその行動に違《ちが》いない。

救われてきた犬はめすであった。家族みんなに愛されてかわいがられて大きくなった。犬小屋を作ってやり、外で飼っていた。救ったという思いもあったからか、父の作った犬小屋は見事で小田もペンキぬりを手伝った。しかし犬はすぐには入らず、中にしいてやった古毛布がポツンとしていた。雨が降った夜にやっと中で寝《ね》ていた。

数ヶ月たって犬のおなかがふくらんできた。やがて五匹《ひき》の犬が生まれた。小田はかわいい子犬がまだ目も見えないのに乳を飲みにいく姿は本能とはいえ生きるがための力強さを感じ、母犬が足をもたげながら乳を飲ませている姿に愛情を感じていた。

ある日、母犬を連れて散歩に出た。子犬は乳離《ちちばな》れをし、ちょこまかと犬小屋の周りを遊んでいる。

近所の家に立ち寄った。犬好きのその家は雑種ではあってもその犬をかわいがってくれた。その日は昼食のパンが残っているということでたくさん出してくれた。母犬はその食パンを次から次へと口の中に入れては飲みこんだ。何も飲まずにただひたすら食べる様子に、家ではえさをやっていないのかと思われるようで小田は恥《は》ずかしかった。六枚の食パンを食べると母犬は子犬を産む前のようにおなかが大きくふくらんだ。

散歩から帰ると、犬小屋の周りにいる子犬たちが寄ってきて母犬にじゃれついた。ひと通り子犬をなめると、突然《とつぜん》大きな口を開けて吐《は》いた。小田はびっくりした。何が起こったのか理解ができなかった。二度、三度と戻《もど》した。すると、子犬がそのパンを食べ始めたのである。ほとんどかまずに飲みこんだのだろう、形が残って出てきた。子犬たちはその戻したパンに群がって食べ始めた。

小田はその戻した食べ物を食べさせる母犬とそれを食べる子犬をぼうぜんと立ちつくして見ていた。道理で母犬がその家でパンをもらうと、つなを引っ張るようにして一目散に家に戻ったわけが分かった。

小田の家族はみな生き物が好きで、小田の妹が学校帰りに段ボールの箱の中に捨てられていた生まれて間もない子ねこを箱ごと持って帰ってきた。母はそんなものは飼えないから元に戻《もど》してきなさいといいながら、手にはミルクとだっし綿を持っている。この父と母から生き物を大事にするということを学んだのである。

教室で生き物を飼うということには様々な制約がある。教室で犬を飼うということで物議をかもした一件があったが、動物愛護の精神は体験を通して初めて実を結ぶことが多い。いかに動物がここちよく長生きできるか、子どもたちが教室の英知を集めて努力することに精神を育てる意義がある。

世の中に人間と共存できる動物と野生の本能むきだしの動物がいて、そのことは教室で飼うには当然考慮《こうりょ》しなければならない。そして、動物特有の病気もあり、それが子どもたちに影響《えいきょう》を与《あた》えては問題が残る。そこで、飼いやすいことも手伝って小鳥やハムスター、モルモット、ザリガニ、金魚などが多い。これらの生き物は寿命《じゅみょう》もあまり長くなく大切に飼って死んでしまったときに、死について考えさせる時間にもなる。

小田《おだ》の教室にも小桜インコが一羽いる。緑色のきれいな体に、ほっぺたのところがうすい紅をさしたようなうす赤色に色づいている。

この鳥は小田が通勤途上《とじょう》に車のガラスにぶつかってきた。バタバタと羽をばたつかせたが、脳しんとうを起こしたのかふるえたままボンネットの上に横たわった。急ブレーキをかけて車を寄せ、小田はインコを拾い上げた。手の中でじっとしていた。そのまま学校に持っていって箱の中に入れた。

職員室の朝の打ち合わせ頃《ころ》には脳しんとうからさめたのか、箱の中で暴れだした。周りの先生たちが何事が始まったのかけげんな顔をしていたが、小田は説明するチャンスがなくひざの上に箱をすえた。

職員室を出るとき、小田は大きめのハンカチと箱を持った。

「オハヨーッ！」

「さあ、今日は朝から手品をやります。タラララララー、タラララララーラーララン」

あの手品が始まるときの独特の音楽である。口ずさみながら前に出た。子どもたちは何が始まったのか、またいつもの小田の冗談《じょうだん》が始まったというような顔をしている。小田は半分冗談に半分真剣《しんけん》にハンカチを箱の上にかぶせた。

「さあ何が出るかお楽しみィ。タラララララーン。タラララララーラン……」

左手で箱を持ち、右手をハンカチの中に入れて箱のふたを手探りで開け、手をつっこんだ。

「痛ッ！」

子どもたちはびっくりした。小田も驚《おどろ》いた。

インコがかんだのである。くちばしの先がとがっていて指の先をするどくかまれたのである。

小田《おだ》の顔つきが真剣《しんけん》なので、冗談《じょうだん》と思って笑っていた子どもたちも急に静かになった。

「先生、大丈夫《だいじょうぶ》？」

とまじめに聞いてきた。

「マムシにかまれた！　く、苦しい」

「大丈夫？」

小田は血の出ている手で咽喉《のど》をかきむしった。

子どもたちはあわてふためいた。

「なーんちゃって」

ひとしきりたってから小田はまたハンカチの中に手を入れた。

「やめたほうがいいよ」

子どもたちから声が飛んだ。

バタバタしていた音がやみ、箱の中が静かになった。そのままいちばん前に座っているマサミツの前に持っていった。マサミツはすばやく立ち上がり、教室の真ん中あたりまで逃《に》げていった。周りの子も立ち上がって見ている。

やがてハンカチが落ち、箱も捨てて手の中のものを見せた。首から上を出してキョロキョロしている。

「なーんだ小鳥か、おどかすんだから」

「かわいいけど凶暴《きょうぼう》なんだ。見てみい。血が出てるだろうが」

血の出ている手を見せたとたん、左手の中にいた小鳥が飛び出した。静かになった教室がまた騒然《そうぜん》となった。

「窓を閉めろッ！　ドアを閉めろッ！」

いいあんばいに、閉めたガラス窓にぶつかって棚《たな》の上に落ちた。さっと近づいたヨシフミがつかまえた。

「かまれるから気をつけろ！」

みんなが注意したがヨシフミは上手に手の中に入れている。小学生で野鳥の会に入るほどの鳥好きなのだ。

「ちょっと待っててくれや」

小田は急いで教室を出て理科室に向かった。先日、理科授業の準備で入ったときに用具棚の上に鳥かごが置いてあるのを思い出したからである。とりあえず持ってきて小鳥を入れた。ヨシフミはかまれずに小鳥を持ち続けていた。

かごの中に小鳥を入れると拍手《はくしゅ》が起きた。ヨシフミはいちやく英雄《えいゆう》になった。恥《は》ずかしがり屋の彼はまた顔を赤らめている。それからはえさ皿や水ばちを買い、小鳥用のえさも買ってきてインコの飼育が始まった。車のフロントガラスで脳しんとうを起こし、教室の窓ガラスに頭をぶつけたのだからあまり長生きはしないだろうと小田《おだ》は思った。子どもたちにも拾われたいきさつを言って、できるだけ長生きをさせようと話した。それまで金魚しかいなかったところへインコが加わった。生き物係がはりきった。えさやりも水の取りかえも糞《ふん》の始末もすすんで毎日欠かさずやった。係の仕事に活気が出てきた。

しかし、十日過ぎた頃《ころ》に問題が起きた。アッシがインコをかまおうとして指先を入れたところ小田と同じようにかまれたのである。保健室で応急手当をしてもらったものの小田は念のため医者に連れていった。医者は心配いらないと言っていたが、気になるならと飲み薬を出してくれた。

次の日、鳥かごの横に張り紙が出ていた。

『勝手に指を入れないでください。入れたいときは生き物係に言ってください』

クラスのみんなが反発し、学級会で話し合うことになった。

小田は話し合いの初めに、

「誰《だれ》がよいとか悪いとか、張り紙がどうしたのとかいう話し合いはしないこと。みんなのペットとして、教室の宝物の一つとして長生きさせるためにはどうしたらよいかを話し合うこと」

話し合いの流れは、司会グループとの事前の打ち合わせで決めてあり、みんなにプリントして配ってある。子どもたちはこの時間までに意見はいくつか用意してきている。

久しぶりに議論百出、わがクラスのこと自分に降りかかってくる大事な問題、事前の手立てで準備が整っているとこうも充実《じゅうじつ》した時間が作れるかと思う。なかなか毎時間といかないのが現実である。

今日の授業はぜひみなに見てもらいたかったと思って残念な気がした。こんなことを思うのは年に一回あるかないかで、納得《なっとく》いく授業がない。このような見てもらいたいと思う回数を増やそうと日々努力しているのだが……。

みなが納得する形で今日の話し合いは終わった。

校庭には夏ミカンの木が植わっている。初夏になるとヒラヒラとアゲハチョウが舞《ま》っていたりする。

校庭で子どもたちと遊んで職員室に帰る途中《とちゅう》、小田は夏ミカンの木の枝に幼虫がとまっているのを見つけた。

「おーい。アゲハの幼虫がいるぞー」

昇降口《しょうこうぐち》に入ろうとしていた子どもたちが集まり寄ってきた。

「わあー、でかいや」

「前から知っていたよ」

「これ、何アゲハだ？」

さすがに幼虫の色と形で知っているものはいなかった。

「教室で飼おうよ」

虫好きのケイタが言った。

「そのままにしておいたほうがいいよ」

またまた意見百出とどまることを知らない。

「よしそこまで。とりあえず教室に行け、あとは教室でだ。幼虫は飛んでいかない」

小田《おだ》は幼虫がとまっている小枝を持って教室に向かった。

「おーい、持ってきちゃった」

ワーイと喜んだ子と、やめておいたほうがいいのにと言う子が半々だった。

見わたしても適当な入れ物がなかったので、棚《たな》の上にあった牛乳瓶《びん》を洗って少し水を入れて中に差した。

「後で網《あみ》の箱に入れかえよう。みんな大事に観察するんだよ」

二日たっても、三日たってもなんの変化もなかった。変化があったとすれば夏ミカンの葉がしおれてきたぐらいだった。

四日めの朝、登校してきた子が変化に気がついた。

「先生。アゲハになっているよ！」

「そうか、かえったか」

小田は教卓《きょうたく》を立って牛乳瓶のある後ろの棚に近づいた。確かにかえっている。牛乳瓶の中で……。

しかし、あのせまい空間の中で幼虫からかえって、きれいに羽を広げるスペースがなかった。それでもアゲハは精いっぱい羽を広げたのだろう。くしゃくしゃに折れ曲がりながら羽は固まってしまっていた。

小田は後悔《こうかい》した。子どもたちに身近に見ておいてほしいと思って教室に持ってきたが、きちんと育て上げられなかった。網の付いた飼育箱になぜ入れかえてやらなかったのか。

なんとか長生きさせなければ。今からでも遅《おそ》くはない。そーっと牛乳瓶に箸《はし》を差しこんで引き上げた。あいにくと瓶は上に従ってせまくなりなかなか取り出せない。箸でチョウをつまむと鱗粉《りんぷん》が落ちてしまう。それでも無理やり小枝ごと引き出した。アゲハチョウはヒラヒラというよりはバタバタと小刻みに羽をバタつかせて床《ゆか》に落ちた。見ていた子どもたちの声がやみ、顔が真剣《しんけん》になった。

ヨシフミがそーっと手のひらを丸くしてアゲハチョウをつかまえ、小田《おだ》の前に差し出した。小田は飼育箱を持ってきて、砂糖水《さとうみず》をしみこませただっし綿をシャーレに入れ、アゲハチョウをその中に入れた。相変わらずバタバタと羽を動かしているが、せめて砂糖水を吸《す》ってくれないかとしばらくの間見つめていた。

「さあ、授業始めるゾ！」

「アサギマダラっていうチョウチョを知ってるか？」

また小田の脱線話《だっせんばなし》が始まった。

「モルフォチョウのようにルリ色で大きくはない。きれいさもない。しかし、びっくりするような動きをする」

「宙返りをする」

「富士山《ふじさん》を飛《と》び越《こ》える」

子どもたちの騒音《そうおん》が聞こえてくる。

「まあ、富士山を飛び越えるっていうのが近いかな」

「ほーら」

マサミツが得意がってポーズをとっている。

「このアサギマダラはね、空を飛んで一六〇〇キロメートルも旅をするっていうんだ。ついこの前、雑誌で読んだんだ。受け売りだけどね」

小田《おだ》は教室の壁《かべ》に張ってある日本地図を指さしながら話しだした。

「東北地方の蔵王《ざおう》というから宮城県《みやぎけん》だ。ここから飛び始めてなんと、奄美大島《あまみおおしま》でとらえられたというんだ。蔵王から南に向けて福島県、栃木《とちぎ》県、東京都、山梨《やまなし》県、長野県、愛知県、京都府、大阪府、兵庫《ひょうご》県、広島県、ここで四国にわたる瀬戸内海《せとないかい》を飛び越《とこ》すんだ、愛媛《えひめ》県、そして、九州に入る、大分《おおいた》県、熊本《くまもと》県、宮崎《みやざき》県、鹿児島《かごしま》県、ここから海に出る。海をわたって一六〇〇キロメートルも飛び続けてやっと着くんだ。日本の地理の勉強をしてしまったな。しかし、このコースで飛んだかどうかははっきりしない。先生が勝手に想像しただけだ」

「なーんだ」

「なーんだじゃない。この距離《きょり》をあの小さなチョウチョが飛び続けるんだよ。信じられるか？いつもお天気がいい訳ではない、強い風や雨も吹《ふ》きつけてくるだろう。人間がこのコースを歩いたって大変な距離だ。それがこんな小さなチョウが何十日間かけて飛んでいくんだ。すごいことだと思わないかい？」

「……」

誰《だれ》も声を上げない。

「なんでわざわざそんな遠くまで飛ばなければならないの？」

ポツリとメグミが言った。

「いい質問だ。先生も分からん。わたり鳥が冬には南に飛んでいって、夏にはまた帰ってくるだろ。冬にシベリヤの寒いところからまだ暖かい日本の冬にやってくる鳥もいる。それと同じかなあ。誰か調べてくれよ、ヨシフミは鳥の博士だけどチョウチョはどうだ」

「やってみます」

「校庭のはしからはしまであの小さなチョウチョが飛んでいくのもすごいと思うだろ。その長さの何千倍や何十万倍の距離を飛んでいくのさ、驚異《きょうい》だねビックリだ。南がどっちだか分かるのがすごい」

「どうやってチョウチョがそこまで飛んでいったか分かるんですか？」

「いい質問だ。飛んでいったかどうか一緒《いっしょ》に飛んで調べたんだ。……というのはウソ、宮城県で羽に印をつけたんだって、その印をもったチョウチョが岐阜《ぎふ》県の高山市《たかやまし》で見つかり、遅《おく》れて四国の愛媛県で見つかりまた遅れて鹿児島県で見つかり、最後は喜界《きかい》が島《しま》で見つかったんだよ。印のつけられたチョウが順番に見つかったということは、多くのチョウがヒラヒラと集団で飛んでいっているはずなんだ。不思議だねえ。すごいねえ。こんな小さなチョウチョが日本を縦断するんだよ、みんなもやってみるか。世の中には不思議なことやビックリするようなことがまだまだあるんだよ」

後ろのロッカーの上のチョウチョがまた羽をバタつかせていた、小田《おだ》はまた心が痛んだ。

「おっと、授業が遅《おく》れた。半分過ぎちまったな。誰《だれ》も止めてくれないんだから……」

子どもたちは小田の脱線話《だっせんばなし》が大好きで誰も止めない。授業がつぶれることを喜んでいる。

「よーしこうなったら、今日は七時間めまで授業やる！」

「エーッ」

「さて、今度の理科の時間は実験をやる。五つの液体が何であるかを調べる方法をまず考えるんだ。いろいろな調べ方があるが、今まで勉強してきた中で試薬を使ったりにおいをかいだりして調べたよね。思い出して様々な方法を考える。自由にやらせてしまうとその液体が爆発《ばくはつ》したり、二人ぐらい死んだりすることになる」

「エーッ」

「そこで、実験計画を立ててほしい。先生がチェックをしてオーケーが出た者から、自分で実験道具を準備して実験する。その計画の中でやってはいけないことは、液体を飲んで調べること。劇薬を入れること。これはダメ」

笑い声がする。

このクラスの理科のノートのとり方は、「今日のめあて」「実験結果の予想（準備する物）」

「調べる」「まとめる」「ほかにもないか考える」「生活の中にあてはめる」。方眼ノートを使っているので自由に広さがとれ、字も乱れない。

「何か質問は？」

「それじゃ、始め」

子どもたちに作業させながら、小田は後ろの棚《たな》の上の飼育箱を気にしていた。この時間は子どもたちも身動きしないで勉強しているので、飼育箱の中のアゲハチョウがバタバタ動くのが余計《よけい》に目立って目がいってしまうのだ。

意を決したように小田が口を開いた。

「アゲハを逃《に》がしてやろう」

「……」

子どもたちは反応しなかった。考えているのだろう。ここにいるよりはいいかもしれない。しかし、あの飛び方ではあまり自由に飛び回れないだろう。

「決めた。校庭の夏ミカンの木に放してやろう。何か意見があるか？」

子どもたちはまだ考えているようであった。

「……じゃあ行くよ。行きたい人はついておいで」

なぜか全員が校庭の夏ミカンの木の前に集まった。小田は飼育箱のふたを開けた。チョウはバタバタと外に出た。しかし小枝にぶつかりながら地面に落ちた。ヨシフミがそっとつかまえて小枝の上にのせた。小さな動きになったがなんとか枝の上にいる。

子どもの中には手を合わせて拝《おが》んでいる子もいる。

「おいおい、まだ死んじゃいないよ」

その子は照れくさそうにしていたが気持ちは伝わってきた。

帰りの会で小田《おだ》は言った。

「かわいそうだったねぇ。先生は生き物を飼うならその生き物がここに住んでいてよかった、長生きできてよかったと思えるようにしなければいけないと言ってきた。ところがどうだ、いそがしさにかまけてアゲハチョウのことをすっかり忘れていた。まさかこんなに早くかえるとは予想できなかった。早く広々とした飼育箱に入れてあげればよかった。アッシは手を合わせて拝んでいたけどその気持ち分かるよ、決して長生きはできないだろう。長生きしてくださいとお祈《いの》りしたんだろう。ありがとね。今度のことはすべて先生が悪い。みんなにもアゲハにも謝《あやま》る。飼育係の子も責任を感じているみたいだけれど、今回の経験を生かして次は生き物を大事に育てよう。そうすることがあのアゲハチョウへの恩返しだ」

子どもたちは真剣《しんけん》に聞いている。

「アゲハが長生きするようアツシのようにみんなでお祈りするか」

全員が手を合わせた。

放課後、小田は夏ミカンの木の周りを探した。地面にもいなかった。ゆがんだ羽をバタつかせながらも自分の世界に飛んでいってくれたと思った。

反対語のテスト

小田《おだ》は教室の壁面《へきめん》が空いているのがあまり好きでない。満艦飾《まんかんしょく》に教室全体に様々なものを張ればよいというものでもないが、教室に一歩入ったら別世界というのを目指してはいる。

教室というものは採光の関係で、南側はすべてガラス窓。その下はロッカーなので掲示物《けいじぶつ》などは張れない。教室の後ろ側は、真ん中に背面黒板があり、明日の授業予定や係からの連絡《れんらく》が書けるように仕切られている。腰の高さくらいまで子どもたちのロッカーがある。ランドセルを入れたらもうそれでいっぱいという小さいものである。子どもの持ち物はランドセルだけでない。絵の具のセット、音楽袋《おんがくぶくろ》、習字の道具、高学年になると裁縫《さいほう》道具など持ちきれないほどたくさんある。これが教室にあるのだからまるで倉庫である。

背面黒板の両サイドから天井《てんじょう》まで、子どもたちの習字の作品が緑色の台紙に重ねて張ってある。朱墨《しゅぼく》で○や花丸をつけてある。四月から一年間重ねて張っていくので上達の具合《ぐあい》が分かり、作品として記念となる。だから背面の掲示を見ているとまるで昔の寺子屋のようである。

教室内の廊下側《ろうかがわ》の壁《かべ》には、理科や体育で使うカードをビニール袋に入れて張る。そして漢字すごろくのチャンピオンカード。係からの連絡板も作ってある、二十分休みにみんなでやる今日のゲームや今週のニュースなどが張られている。新しく出た漢字の書き順も張ってある。

教室前面はメインの黒板があり、子どもたちの名前が書かれたマグネット名札や小黒板が張りついている。

黒板の上部には学校の教育目標がかかげられており、その横に模造紙二枚分ぐらいにみんなで決めたクラスの目標が張られている。できる限りみんなで作り上げたということが分かるように作っている。

黒板両脇《りょうわき》はそれほどスペースはなく、戸棚《とだな》やテレビなどもあってほとんど活用できない。学校だより、給食だより、保健だより、そして今月の生活目標が張ってある。これでもういっぱいである。

廊下側の壁面はだいたい図工の絵であったり、社会科のまとめの新聞であったりする。季節によっては書き初《かぞ》めがずらーっと並ぶ。

壁面に掲示物を張ることは子ども同士の情報交換《こうかん》の場であると小田は考えている。だから、小さい字で書かれたものはできるだけ子どもの目の高さに張るようにしている。

国語
漢字すごろく

国語のテストの時間であった。

小田《おだ》はあまりテストの結果を重視していない。その点数で一喜一憂《いっきいちゆう》させないようにしている。マサミツが盛んに教室中《きょうしつじゅう》をながめてキョロキョロしている。

周りの子が用紙に向かって身じろぎせず書いているのでマサミツの動きは目立つ。テストのときのカンニングなどは子どもたちは上手で、小田は気にしていない。高い点数をとる子の隣《となり》に不得意な子を座らせると急に点数が上がる。親にはそんなことは絶対に言わないが、力が伸《の》びましたよという材料にしている。そして、不思議なことに得点が高くなると学びへの意欲がわいてきて自信をもって学習をするようになる。小田は席がえの条件の中にこの隣合わせを考える。

マサミツがまだキョロキョロしている。そのうちにオサムもトシもキョロキョロし始めた。

「何、キョロキョロしてるの？」

マサミツが前に座っている子の頭越《あたまご》しに目を細めながら壁《かべ》を見つめている。

「マ・サ・ミ・ツ」

「何か参考になるものないかなあ」

書きとりテストの参考になる漢字を探しているのである。

「何が分からないんだ」

「〇〇」

小田《おだ》は立ち上がって一緒《いっしょ》に壁面《へきめん》を探してやった。

「おーッ、あったゾ！」

しかし、学校だよりのプリントの中、いちばん前の子でやっと目を細めても見えるくらい。

「えーっと、どのように書いてあるかというと……」

チョークを持って黒板に書き始めた。わざと小さく書いた。

「えーーッ」

みんなからブーイングが起こった。

今度はいつものように大きく書いた。やったー、子どもたちから歓声《かんせい》が上がった。ざわめきながら一生懸命《いっしょうけんめい》書いている。

「黒板通りに書いたら×になるのに……」

みんなに聞こえるように小田は独り言を言った。小田は黒板に書いたとき、横線を一本わざと書かなかったのだ。何人引っかかるか楽しみだった。

小田のクラスはテストが終わるとすぐ答え合わせをする。机の上は終えたテスト用紙だけを残してすべて机の中にしまわせる。鉄は熱いうちに打てというが、テストをやってすぐに確認する。そうするとなぜその答えにしたか、どうしてケアレスミスをしたのかのインパクトが強いからである。

答え合わせが始まった。

「第一問はアが正しい」

「やったあー、ウォー」

まちがえてしまった子はショボンとしている。

「第二問は、ウ」

「イエーイ」

正解した子の元気な声が飛んだ。

一人だけ声が上がった。ほかの子は顔を見合わせている。

「エー」

と周りの子から声が上がる。

「……ではなくてぇ。イが正しい」

の小田の声に、さっき一人、声を出した子は肩《かた》をすくめて小さくなっている。

「第四問めはア」

元気な声が上がらない。みんな慎重《しんちょう》になっている。

「だからアだよ」

初めて元気な声が上がる。そんなことをくりかえしながら表面の答え合わせが終わった。

小田《おだ》は机間巡視《きかんじゅんし》をしながら答えをまちがえた子の解答をわざと言う。うれしそうに声を上げる子の周りで「エー」が出るのを楽しんでもいる。

まだ机間巡視は続く、

「アーッ！」

わざとらしく大きな声で小田が叫《さけ》んだ、

「誰《だれ》とは言わないが、トシは0点」

トシがびっくりしたように小田を見た。

「トシは0点」

なぜか理解していない。さっきの答え合わせでは全部◯だった。

「トシは0点」

また小田がトシを見つめながら言った。隣《となり》の女の子が気づいて、テスト用紙のはじを指さしている。そう、名前を書くのを忘れたのだ。小田のクラスは名前を書き忘れると0点になるのだ。色白のトシが真っ赤な顔になって余計《よけい》に目立つ、テスト用紙の右はしにでっかく0点が赤字で書かれ、名前を書く欄《らん》に「名なしのゴンベエ」か「ゴンベエ」と書かれる。でっかく0点と書いて返すのだが、もちろんエンマ帳には正しい点数を記入している。

国語のテストには、毎回五問ぐらい書きとりが出る。黒板に大きく書いてあげたところは全員が書けている。

「ここの漢字はみんなできているなあ。誰のおかげだと思っている。『お代官様ありがとうございます』と言ってみい」

のりのいい子たちが「お代官さまあ……」と言い始めたとき、例のメグミが、

「先生。黒板の字、一本線が足りないのじゃないですか」

「んっ？　……そうか、足りなかったな。ということは×だな」

「えーっ、ずるいよーォ」

丸写しした子は怒《おこ》っている。

「漢字は正しく書かなきゃ相手には正しく伝わらないからなあ。なんか文句ある？」

小田は心の中で大笑いしていた。教室はなんて楽しいところなんだろう。子どもたちってなんてかわいいいんだろうとあらためて思う。

「じゃ、裏面に移る」

国語のテストも裏面に問題がある。どちらかといえば読解よりは言語事項《じこう》である。

言葉の意味や接続詞《せつぞくし》などを□の中に入れる問題が多い。今回は反対語を書きなさいというものである。

①暑い—（　　　　　　）②はやい—（　　　　　　）③うすい—（　　　　　　）④多い—（　　　　　　）
⑤遠い—（　　　　　　）

日常使っている言語であるからそれほど難しい問題ではない。


「暑いの反対は？」

「寒い」

「暑くない」

マサミツの周りの子から笑いがこぼれている。

「早いの反対は？」

「遅《おそ》い」

「早くない」

今度は笑い声が大きくなってきた。

「うすいは？」

「あつい」「こい」

「うすくない」

笑い声はさらに大きくなった。

「うすいの反対は〈濃《こ》い〉も〈厚い〉もオーケー。〈うすい〉をどう感じたかだからね。なんじゃ！　〈うすくない〉とは」

「マサミツ。じゃ。〈遠い〉は？」

「遠くない」

教室中《きょうしつじゅう》が爆笑《ばくしょう》となった。答えに書いた以上、マサミツはまじめに答えている。

「×にするにはかわいそうだなあ。しかし、問題からすれば×だ」

「うェー。許してください、お代官様」

「頭《ず》が高い！　頭が！」

マサミツは机の上に頭をこすりつけながら謝《あやま》るまねをしていた。その仕草がまた滑稽《こっけい》で教室中が笑いのうずになった。

小田《おだ》は答え合わせをしてすぐに採点し、その日のうちに返すことにしている。せっかく答え合わせをしていたので、まちがい直しは早くやらせるべきだと考えている。次の日までの宿題とし、次の日には青色のペンで丸付けをし、すべて直されていれば百点の印が付き、花五重丸がつく。子どもたちはこの点数がエンマ帳に記入されると信じている。

「マサミツだけ、テストは明日返す」

「えー。なんでぇー」

「おまえが難しい答えを書くからだ。先生も一晩悩《なや》んでやる。お代官様としては最大のサービスだ」

「ありがたき幸せ」

「○になるかどうか分からん」

「えーッ。お願いだから」

「頭《ず》が高い！」

また始まった。マサミツは頭をこすりつけている。

「あずかる」

小田《おだ》はマサミツ以外の子のテストに丸付けをして返した。決してマサミツはギャグで書いたものではない。真剣《しんけん》にテストに取り組んだと考える。

夕方、職員室にいた先生たちにこのことについて参考意見を求めた。まず、同学年担任のまじめな新山《にいやま》先生。

「わたしだったら×にするな」

予想通りの解答が返ってきた。

「暑いの反対は『寒い』でしょ。そのことを教えるのは指導書にも書いてあるでしょ。そのことを教えなかったらわたしたちは指導放棄《しどうほうき》になる」

ごもっともな意見である。職員室は近隣《きんりん》学年で机を寄せ合っている。それを『島』と呼んでいるが、小田のいる学年の島の先生がたの意見はあらかた同様であった。

「オレだったら○にするな」

隣《となり》の島の上総《かずさ》先生が声を出した。

「いいじゃないか、×じゃない。言葉っていうものは他人に正しく伝わって言葉なんだから、伝わっていることを考えれば×じゃない」

上総先生はどちらかといえばユニークな先生で、学校内では運動靴《うんどうぐつ》で歩きなさいと言われているのだが、便所のサンダルでペタペタと歩いている。足音ですぐに分かる。一緒《いっしょ》にスキーに行ったとき、小田が風呂《ふろ》に入っていると後から入ってきて、

「あー、寒い」

と言っていきなりしゃがんで排水口《はいすいこう》にオシッコをした。

「あー、すっきりした」

あぜんとする小田を尻目《しりめ》に悠然《ゆうぜん》と湯舟《ゆぶね》につかった人物である。

オレは水虫だからサンダルじゃないとダメなんだと管理職に逆らっていたようだが、水虫でもなんでもない。ちょっと子どもっぽいところのある先生だ。そんなところが小田は好きだった。

そのうち島対島で指導について激論が始まった。話題提供をした小田は収めようがなくなった。どうして先生たちはこうまでまじめなんだろう。悩《なや》むというよりは、学校現場にいること

の楽しさを味わっていた。

次の日、朝の会でマサミツの答案を返すときが来た。

「お代官様は、昨日一晩寝《ね》ずに考えた。今日は朝から眠《ねむ》いなあ。昨日の夕方、職員室でもいろいろな先生に聞いたけど、×にすべきという意見ばっかりだったなあ」

「うえぇー」

マサミツが赤い顔をしている。

「みんなどう思う?」

真っ先にノリコが手を挙げた。

「先生、正しい答えはなんですか? 暑いの反対は寒いが正しいんだから、マサミツ君のは違《ちが》うと思います。だから×だと思います」

納得《なっとく》している子も多い。ノリコは理知的で話すことも理路整然としているのでみんなから一目置かれている。

アックンが手を挙げた。ひょうきん者で優しさのある子だ。

「確かにまちがっているかもしれないけど、努力を認めてあげなきゃいけないと思います」

なかなかの意見でみながクスッと笑った。

「なかなか難しいね。ほかの人はどう思う、何か意見ない？」

まだ意見はありそうだったが朝の会でゆっくり議論する間がない。

それぞれの意見に賛成はあったが、新しい意見はなかった。

「そこでだ。１＋１はいくつだ」

「２」

「たんぼの田」

「11」

よくいわれる答えが返ってきた。

「１って答えはないの？」

「１だから、１の上に１を書いたら１になる」

ヨウちゃんがわけの分からないことを言う。

障がいのある子で、何にでも口を出し、分からなくても手を挙げる。当てないと怒《おこ》るので小《お》田《だ》はなるべく当てるようにする。陽気なのでみんなからも人気がある。ただ、発作《ほっさ》を起こすので小田はヨウちゃんから目が離《はな》せない。周りの子どもたちもよくかばってくれる。愛すべき存在である。周りの先生から大変でしょうと言われるが、小田はそのようには感じていない。

「はいはい、ありがと。すばらしい答えだ」

ヨウちゃんはガッツポーズをして喜んでいる。隣《となり》のミキちゃん、タミちゃんが早く座るように手を貸している。

「1＋1は1なんだ。ヨウちゃんが正解」

「なんでえ?」みんなが不満をもらした。また小田《おだ》の冗談《じょうだん》が始まったという雰囲気《ふんいき》である。

「ねん土の玉一つとねん土の玉一つを合わせ、こねたらいくつになる?」

「一つ」

「だから1たす1は1なんだ」

「ずるいよー」。

「何がずるい。一個と一個を合わせてこねたら一個だろうが……」

子どもたちはアホらしいと思ったのか何も言わない。

「そこでマサミツ」

小田はテストをみんなに見えないように広げて、チラチラと中を見ながらため息をついた。

「あー、ムー、残念だ」

「えー」

マサミツと目を合わせた。

「お代官様としては、厳しく裁かないといけない。ムー。残念だ。ノリコの言った通り、反対語は前に勉強した通りだ。だから不正解。いやあー残念だなあー」

テスト用紙をマサミツに返す仕草をした。

「お代官様」マサミツの声は小さくなった。

「とはいうものの、アックンの言った通り努力も認めなければならない。あながちマサミツの答えも絶対意味が通らないということもない。……だから……」

「マサミツ。暑いの反対は?」

「寒い」

「早い」

「遅《おそ》い」

「うすい」

「あつい」

「多い」

「少ない」

「遠い」

「近い」

何人かの子が、「寒くない」「早くない」などと言っていたが静かになった。

「すばらしい、全部言えたか。△で一つ二点にしたけど、四点にしてやろう」

点数を書きかえてマサミツに返した。

「ありがたき幸せー」

それからというもの、トシは名前を絶対に書き忘れなくなったし、なんとかして答えを書いてみようと努力する子が多くなった。

教室でテスト中にキョロキョロと掲示物《けいじぶつ》を見回す子が増えた。

公園とラケットベース

学校から歩いて十五分ぐらいのところ、都会のど真ん中に公立の運動公園がある。フィールドは芝生《しばふ》で、トラックは赤茶色のアンツーカーが八コースとってある。一周二〇〇メートルあまりなので公認トラックにはならない。しかし、手入れは行き届いており、さらに交通の便のよさもあって一流選手や大学の陸上部などがよく練習をしている。

「関係者以外立ち入り禁止」の札がフェンスや門扉《もんぴ》にくくりつけてある。「ゴルフ禁止」の札がさらに大きくかかげられているのを見ると、早朝などに芝生を使ってアプローチの練習をする人がいるのだろう。きれいに生えた芝生を見れば、ゴルフ愛好家なら思わずクラブを持って打ちたくなるような適度な広さと芝である。

この陸上練習場の周りは広いアスファルトの広場になっていて、人々のいこいの場となっている。そんなこともあり、この広場は野球・サッカーが禁止になっている。現代は子どもたちが伸《の》び伸びと好きなように工夫して遊べる広場はどんどんなくなってきている。子どもたちにとって、便所と水飲み場と、ちょっとした砂場と、樹木のある広々とした遊び場があるといい。ブランコやすべり台も夢があっていいが、汗《あせ》を流して群れになって遊べる広場があるといいと小田《おだ》はいつも思っている。

グローブとバットを持っていけば、大人から追いやられる、サッカーボールをければ閉め出される。行き場のなくなった子どもたちはどこへ行けばよいのだろう。ひとり遊びをするかゲームセンターに行くしかないだろう。

今、子どもたちはラケットベースに夢中である。野球である。

何が違《ちが》うかといえば、バットに変えてテニスのラケットを使うのだ。

バットだとボールを当てるのになかなか手間がかかる、あまり体験のない女の子はほとんどボールが当たらない。タイミングがほとんどとれない、ボールが通り過ぎてからバットをふる。ほとんどが三振《さんしん》である。打つほうはあせり、守るほうはあきてしまう。意欲は盛り下がるばかりである。

とにかく、野球らしい動きがほしい、もっと活動的な遊びにしたいからである。子どもたちの持ってきたプラスチックのバットはお蔵入りになった。そして、バットはテニスのラケットに変えた。しかし、今度は男の子がポカスカ打つようになって攻撃《こうげき》が終わらなくなってしまった。

子どもたちとルールを変えながら、ラケットベースを作ってきた。もともと、遊びは子どもたちが生活の中で、環境《かんきょう》や集団の数など様々な要因を克服《こくふく》しながら作り上げてきたものである。なんとしてでも、男の子と女の子のハンデを縮めて楽しく遊ばせてやりたい。

最初のルール変更《へんこう》は、フライを捕《と》ることで苦労しているのを見てからである。フライが頭の上を通り過ぎるとあとはとりっきりである、時にはランニングホームランにもなる、これはこれで劇的なのでよい。しかし、フライを捕りそこねて後ろにそらせたときは悲惨《ひさん》である。球は転々外野の芝生《しばふ》の上ということになる。

そこで、ワンバウンドで捕ってもアウトとすることにした。これには強力バッターたちが反対した。しかし、あまり上手でない子どもたちがおもしろそうだからやってみようということになって、ルールを変更することになった。

この運動場は陸上選手たちが練習のために使う場所である、整備されていて自由には使えないところである。しかも先生が一緒《いっしょ》にいて、平気で遊んでいるなんて、周りから見れば立て看板は見えないのかというところである。あまり注意をされないのをいいことに遊んでいる。もっとも、陸上の練習をしている人がいれば、外のアスファルトの広場でラケットベースをするのだが……。

芝生の上で思いきって伸《の》び伸び動き回れるのは最高である。アスファルトの上ではダイビングキャッチはしないが、芝生の上では転び回ってキャッチングができる。いずれ欧米のように、学校の校庭も芝生になる日が来るかもしれない、メンテナンスが簡単になれば……。丈夫《じょうぶ》で長持ちする芝が改良されてくるに違《ちが》いない。

〈ワンバウンドで捕ればアウト〉のルールはなかなかおもしろかった。アスファルトでやっていたときは、ワンバウンドは規則的にはね返ってきたから捕りやすかった。しかし、芝生というのは、ワンバウンドのボールは芝がクッションの役目をして小さくはね返る。だから、そのつもりで待っていても低い高さにはね返る、構えていた姿勢が急に低くなる。まるでフェイントをされたように体が動く。遠くで見ているとタコ踊《おど》りを見ているようで笑ってしまう。このルールのおかげで、強いチームがポカスカ打ちまくって一方的な試合《しあい》になっていたのだが、チェンジが早くなって試合に向かう子どもたちの気持ちのたかぶりが見られた。

それでも打つ子はけっこう飛ばして塁《るい》に出る。そこで、またルールを変えようということになった。

男子はきき手と反対のバッターボックスで打つというのである。つまり、右ききの子は左のバッターボックスで打つというのである。これには男の子の中から反対の意見も出た。そんなに打てない子はどうする、その子は好きな打ち方でよいのではないかというものである。そうなるとインチキする子も出てくるのではないかという意見も出てきた。

「じゃ、どうすればいいかみんなで考えてみて?」

といっても妙案《みょうあん》がすぐに出てくるわけではない、芝生《しばふ》に車座になってみんなで考え始めた。女の子がぽつりと言った、

「相手のチームから名前を言われた人は反対で打つというのは?」

「それじゃ全員名前言われたら同じことだよ」

「……」

「女の子だって、リサみたいにポカスカ打つ子はいるよ」

「……」

みな黙《だま》ってしまった。

「じゃ、チームで相談して相手チームの何人かを指名したらどうだろう」

小田《おだ》がアドバイスをした。

「何人?」

「それはみんなで決めて」

「五人」

「六人」

多すぎるという意見も出て、結局、三人に決まった。そして、男の子女の子関係なしに三人を指名することになった。

「じゃあ、チーム決めだ。先生はトリトリはきらいだから、ほかのやり方でしよう」

トリトリとは、子どもたちがチーム作りなどのときによくやっているやり方で、代表が二人出てジャンケンをして勝ったほうが先に一人、負けたほうが次に一人を選び、またジャンケンをしてこれを最後の一人まで続けていく、このようにして二つのチームを作るのである。

子どもたちは仲間の一人ひとりの力量や好ききらいがはっきりしているので、見ていると最後のほうに残った子は涙目《なみだめ》になってくる。取り残された不安と選ばれない悲しさがこみ上げてくるからだろう。せっかく、これから楽しい遊びをしようというのに、この子にとってはその時点で楽しくなくなってしまう。だから、小田はこのトリトリが好きでない。子ども同士の友達選びはかなりシビアである、等質なチームができるかもしれないがその最後の一人になった子の気持ちがかわいそうなのである。そして、その子の気持ちをほかの子が分かってほしい。

小田はポケットからマッチを出して中味を抜《ぬ》き出し手ににぎった。今、遊んでいる子どもたちは十八人、十八本を取り出しそのうちの九本の頭を切りとって手ににぎった。

「これで決めてみよう、マッチの頭のある人はこっち、ない人はこっちに集まる」

このくじ引きのようなものは、子どもたちの興味《きょうみ》を引いた。小田は両手でマッチ棒を束ねてこすりながらあらためて片手ににぎった。一人ひとり抜《ぬ》いていく、そのたびに歓声《かんせい》が上がる。小田《おだ》はわざと、力量のおとる子から引かせるようにその子の前につきだした。誰《だれ》がどちらに入るか全く分からない、そこに子どもたちの未知に期待する何かがあるのだろう、けっこう評判がよかった。チームができあがってみるとけっこう均質化されている。小田はこれもありかなと思った。

逆ボックス指名の相談が始まった。リサが女の子ながら選ばれたのだ。これがとんでもない結果をもたらすことになるのである。

打順もポジションも決まって試合《しあい》が始まった。

一回の表はツーアウト二《に》・三塁《さんるい》までいったが、サトベーが逆打席で打ったフライをライトのタケシが転びながらもワンバウンドで捕《と》ってチェンジになった。ライトからにこにこ顔のかけ足で戻《もど》ってくるタケシをいまいましく見つめるサトベーの顔が印象的であった。遊ぶことに一生懸命《しょうけんめい》で、ありったけの気持ちをぶつけるサトベー。だから、ゲームの中ではトラブルを起こすことも多い。アウトもセーフと言いはるのである。みんなにアウトと言われても、いつまでもベースの上に立っている。昔はそれがひどくて遊びがやめになったことも数多くあった。みんなが、

「そんならやーめた」

と言ってもベースの上に立っている。みんながほかの遊びに行ってしまってやっと気づくのだが後の祭り、ひとり仲間はずれになってしまうのである。それでも、こりずに友達と遊ぶことができるのは、いつまでもうじうじせずに謝《あやま》りにいって、そっちの遊びに入ってしまうからである。悪気はないのだが、このくりかえしが少しずつサトベーの社会性を作りあげてきたのである。

小田は子どもたちには社会性をつけることが、教科の学習より大事であると考えている。頭がよくても社会性のない大人が、人を平気で殺してしまうことが多いからである。子どもたちは社会性をもっては生まれてこない、これが小田の信念である。

だから、遊びは大事であるというのである。ルールを守らないと遊びが成立しない、遊びは子どもたちに正義を教えてくれる。教科の授業の中で正義を教えるにはなかなか苦労がいる。体で覚える正義は身にしみて素直《すなお》に入ってくる。

すれちがいざま、サトベーが何か言うかなと思ったがポジションに走っていった。

サトベーが成長してきていると小田は感じた。

遊びに向かうわが子の気持ちを少しでも勉強に向けてほしいと母親は言う。気持ちは分からないでもないが、こういう子のほうが社会に出てしっかり生きていくのではないかと小田は常常思っている。

一回の裏は、そのタケシが逆打席でライトセンター間にヒットを打って一点を先取した。ピッチャーはもちろんサトベーである、どんなときでもピッチャーをやる、ピッチャーが野球の花形だと思っているかのように……。

力も均質化したからかもしれないが、点を取ったり取られたり、ルールのよく分からない女の子には男の子が一緒《いっしょ》に走って教えてあげている。

女の子がいちばん理解に苦しむのが、フライが上がったときに捕《と》られたら塁《るい》に戻《もど》らなければならないことである。なぜフライが上がって捕られたからといって、元の塁に戻らなければならないの……。

ほとんどの女の子が走ってしまう。それも一生懸命脇目《いっしょうけんめいわきめ》もふらずに次の塁に行く、やったぜといわんばかりに塁の上に立つ。

「戻《もど》れーッ」

の声もむなしく、ボールは元の塁に運ばれてアウト。ダブルプレーである。

「アーぁ」

の声もむなしく、まだ女の子は分からず塁に立ちつくしている。それからは、チームの男の子たちが一塁・三塁の横でコーチをすることになった。

「走れーッ」

「戻れーッ」

わけも分からず、ただひたすら走り回る。一生懸命。

なかなか言葉で説明しても理解できない。実際に体験して理解していったほうが身につく。だから、小田《おだ》は女の子が失敗しても、文句を言ってはいけないと厳命している。男の子だって失敗することがあるだろう、失敗したことを責めるより次に失敗しないように工夫せよ。みんなで楽しく遊ぶには「なじる言葉」は似合わない。そのうち、女の子もフライが上がると球の行方《ゆくえ》を追うようになってきた。まだ独力で判断するまでにいかない子もいるが、コーチの声に走り回るようになってきた。

二回も三回もあっという間に終わった。初夏の風が少し冷ややかになってきた夕方、

「この表・裏で終わりにしよう」

小田の声に両チームともいきばんだ。

五回の表、タケシのチームは下位打線からであった。もうすでにツーアウト、一番バッターが三塁線にゴロを打ち、間一髪《かんいっぱつ》セーフとなった。両チームの子どもたちが一塁のところに集まって、足が速かったの球が先だと言い合いっこしている。主審をしていた小田は、すぐに間に入らず様子を見ていた。身ぶり手ぶりでアウトを主張するサトベー、負けじと言いかえすタケシ、両チームがゆずらない。

「おーい、日が暮れて夜が明けるぞおー」

小田《おだ》の言葉にみながふりかえった。

「先生。どっちですか」

メグミが叫《さけ》んでいる。

「みんなでは決まらないか」

「……」

「先生は審判だから決めなくちゃいけないね。ここから見た限りでは、足のほうが一瞬《いっしゅん》早かった」

「ほーら言った通りだろ」

タケシのチームの一人が言った。

「あ、そう。ならいいよ。球のほうが早かった」

小田の言葉に、言った子がみんなから怒《おこ》られている。

「ワーイ、それ見たことか」

サトベーが言った。

「ハイ。足のほうが早かった。文句あるか?」

子どもたちはすごすごと元の位置に戻《もど》った。

ツーアウト一塁《いちるい》、しかも二番である。そのあとにはタケシがひかえている。この二番バッターも強打者である。あと一点入れば決定的である。ピッチャーのサトベーも横手投げにしたりして気をそらしている、打ち気満々の二番バッターには効果的であることをサトベーは知っている。

山なりの球を思いきって打った球はあまり飛ばず、フラッと上がってライトの前に落ちた。ワンバウンドで捕《と》られてチェンジ、残念そうに守備につくタケシのチームとしてはまだ一点リードしているのではりきっている。

サトベーたちは逆転をねらっている、好打順でラストバッターからである。ヒロミチは体は小さいが足はすばしっこい、打つほうはあまり上手でない。

「ヒロミチ、チョビやれチョビ！」

サトベーの声が飛んだ。これはなかなかの作戦だ。プロ野球でいうセーフティーバントだ。ヒロミチがラケットに当てた球はサード前に転がった。芝生《しばふ》が幸いして転がる勢いが止まった。サードが捕って一塁に投げるときには、ヒロミチは一塁をかけ抜《ぬ》けていた。ノーアウトでランナーがでた。チームは勢いづいた、女の子たちも興奮《こうふん》している。ホームベース近くまで出てきて応援《おうえん》している。

次のバッターはケイイチだ。野球も大好きでうまい、三人選ぶ中に入らなかったのはラッキーだった。相手チームはケイイチとトシのどっちを選ぶか迷っていたが、結局トシにした。めぐりあわせがよかったのか、ケイイチはラケットをブリブリふりまわしてバッターボックスに入った。

打ち気をそらすような山なりのボールが来た、ケイイチはそれをねらっていたかのようにじっとためてラケットをふった。ボールはレフト深くに飛んでいった、しかし、上がり過ぎたのでレフトは芝生《しばふ》にワンバウンドさせて捕《と》った。

ヒロミチは二塁《にるい》近くまで行っていたが、「戻《もど》れーッ」の声にあわてて一塁に戻った。

リサがバッターボックスに入った。なんと、女の子ながら逆打席に選ばれている。運動能力は高いがふだんは野球はやらない。そういう動きをしないから動きにぎこちなさがでる。それでも男の中に混じって逆打席に指名されたのは、この前遊んだときにホームランを打ったからである。それは得意の打席で打ったからでもあるし、飛んだ方向がよかったからでもある。いちやくヒロインになった、小田《おだ》はうれしかった。リサは目立つ存在なのだが今ひとつ輝《かがや》くところがなかったからである。この前にホームランを打ってから、リサは周りの子どもたちへの態度が大きくなって友達が離《はな》れていっている。

逆打席のリサはにぎる手も逆さまでぎこちない、ピッチャーの投げたボールは勢いもあり一球めは完全な空ぶり、

「そんな球、ずるいゾー。もっとやさしい球投げろーッ」

サトベーが怒《おこ》っている。

二球めはふつうのスピードの球が来た、リサが思いきってラケットをふった。出会いがしらというべきか球はラケットのまっしんに当たってライト線に飛んでいった。夢中で一塁をかけ抜《ぬ》けている。ライトは必死になって球を追いかけていたが、芝に足をとられて見事に転んだ。その間も球は転々としている。ヒロミチはすでに三塁を回ってホームインするところだ、リサは二塁を回って三塁に向かっている、ライトが三塁に球を投げた。これがとんでもない大暴投、レフトファールグランドに転がった。リサはわけ分からずイノシシのごとくにひたすら前だけを向いて走っている。目が真剣《しんけん》である、三塁も回ってしまった。サトベーが叫《さけ》んだ「すべりこめーっ」。こんな無茶はない、やったこともないのにやれと言うんだから……。キャッチャーが返球されてくるボールを捕ろうとして構えている。リサは分からずに進んできた、キャッチャーをはね飛ばしてホームインした。

逆転サヨナラホームランである。リサにハイタッチのあらしが来た。これほどリサが喜ばれたことはない、小田もこれでリサが一皮むけるといいと思った。

「並べー」

小田がみんなを集めた。ホームベースをはさんで整列した。たとえ遊びでも礼儀《れいぎ》だけはきち

んと教えておきたい、

「六対五でへんてこりんチームの勝ち」

「バンザーイ、バンザーイ、バンザーイ」

タケシのチームがちょっとふてくされている。

「くやしくても、拍手《はくしゅ》はすべきだ」

小田《おだ》の一言で、拍手はしたもののいいかげんだったので小田のかみなりが落ちた。

「心から拍手しろ！」

「最後に、全員でゴミを拾ってくる。一人十三個。先生のところへ持ってくる。ヨーイ、はじめ」

全員がグランドに散っていった。ベースの代わりにしていたダンボールや木の破片や葉っぱなどけっこう集まった。

「よーし。きれいになった。〈飛ぶ鳥後をにごさず〉っていうんだ。……帰るぞ」

みんながフェンスの金網《かなあみ》を乗《の》り越《こ》え始めた。


「もしもし」

小田は呼び止められた。

「つきそいの人ですか？」

「えー、はい」

「入り口にもフェンスにも無断使用はいけませんという看板が張ってあるのは見えましたよね。なんで分かっていて入って遊ぶんですか、遊ばせるんですか?」

「申し訳ないです。伸《の》び伸び子どもたちが遊べるところがないもんでついつい入ってしまいました。子どもたちが伸び伸び遊べる場所というのが都会にはないんですよ。ちょっとだけのつもりだったんですが……」

「ちょっともうんともないんです。だめなものはダメ」

「分かりました」

小田は帰ろうとしてふりむいた。

「ちょっと待って、この子たちはどこの学校の子なんですか?」

子どもの一人が「神宮寺《じんぐうじ》小学校」と、隣《となり》の学校の名前を言った。

「ふーん」

その管理人らしき人は首をかしげた。

「おまえたちはあの水飲み場のところで待っていて」

「あなたは悪いことをしていてちっとも謝《あやま》ろうとしていませんね。あの学校名だって本当かどうか分からない。そんなことを許していていいんですか。大人として情けない」

小田《おだ》は謝《あやま》りそこね、追いつめられて行き場を失っていた。

「……」

頭を下げるしかなかった。

「ただ、最後に子どもたちにゴミ拾いをさせていたのはよかった」

小田は頭を下げて子どもたちの待つ水飲み場に向かった。薄暮《はくぼ》になっていた、

「みんな、気をつけて帰れや」

小田は学校に戻《もど》って教室で明日の準備をし始めた。

次の日、出勤すると教頭から
「小田さん、話があるから校長室に来てください」

また呼び出された。なんのことだろう。

「昨日、どこ行ってたの?」

「どこってなんのことですか?」

「子どもたちと遊んでたんじゃない?」

「……」

なんでばれたんだろう、カマかけているのかもしれないから知らんぷりを決めよう。それに

しても、警察が問いつめるようないやな聞き方をしてくる、これがきらいで教頭にはあまり近寄らない。

「違《ちが》う学校の名前を言ったんじゃない？」

まるでそこにいたかのように問いつめてくる、どうやらバレバレのようである。

「いやあすみません、つい本校のことにしてはまずいかと……。誰《だれ》か問い合わせかなんかあったんですか？」

「やっぱり小田《おだ》ちゃんね」

問いつめきって犯人を落とした刑事《けいじ》のように見えた。

「最後にゴミ拾いさせたんだってほめていたわ」

「失礼します……」

小田は立ち上がった。

「二度と行かないように……。子どもと遊ぶより教材研究でもしたら」

校長室を出ようとする小田の背中に言葉がつきささった。

「子どもと一緒《いっしょ》に遊ぶのは、わたしのポリシーです」

隣《となり》の学校の名前を言ったのは小田になっていた、それがせめてもの救いであった。

「オハヨー」

教室に行くと、昨日の面々が元気に登校してきている。

「いつもと声が違うみたい」

子どもたちに見すかされてしまった。朝から気分がすぐれなかった。

出席をとり終えると小田はいつもと違った語り口になった。子どもたちは神妙《しんみょう》になった。

「えーと。これからはラケットベースのやる場所を変えよう。どこかいいとこないか探しておいてくれや」

昨日の今日である、子どもたちにもピンときている。

「何かあったんですか？」

昨日のヒロインのリサが聞いてきた。

「いやあ、何もない。まああそこは入っちゃいけないところだし、空いてるからって勝手に使っていいところでもない。次の場所を考えよう」

あまりグダグダと話を蒸し返したくなかった。

「さて来週からゴールデンウィークが始まる。みどりの日、憲法記念日、こどもの日。休みが続くから、まず体の調子をくるわせないように。盛り場なんぞにふらふら行かないこと」

「ところで……」

「『こどもの日』っていうのがあるよな。五月五日だ」

真顔で小田《おだ》がしゃべりだしたのでクスっと笑っていた子どもも真剣《しんけん》になった。

「日本にはほかの国より祝日が多くある」

知らないことを教えてくれるのが大人であることを子どもたちは信じている。特に小田は子どもたちにとって教科書にはないような、たくさんの雑学を教えてくれることが多い。そして、好奇心《こうきしん》を満たしてくれることがあるので子どもたちは耳を傾《かたむ》ける。

「祝日にはそれぞれなんのために祝う日なのかを決めている、これが『国民の祝日に関する法律』に書かれている。知っている人いるか?」

誰《だれ》からも手が挙がらない。

「『こどもの日』がなんのために祝日になっているんだろう」

「子どもが遊べる日」

「おこづかいがもらえる日」

笑い声がうず巻いたがどれも正解はない。

「冗談《じょうだん》はさておき……」

小田は黒板に書き始めた。

『子どもの人格を重んじ　子どもの幸福をはかるとともに　母に感謝する日』

最後のところを大きく書いたのだが、子どもたちはまだ気づいていない。

「先生、人格ってなんですか？」

「いい質問だ。誰か辞書引いて」

教室の後ろの棚《たな》には辞書が置いてある。子どもたちが辞書を取りにいった。机の中にある子は取り出して早速開いて調べ始めた。

「人柄《ひとがら》。人品」

「ほかの人のも同じかな？」

「その人がもっている人柄ということだ」

「……」

「つまり、人が生まれたら人としての生き方を保障され、誰からもふみにじられることはない。犬やねことは違《ちが》う生き方が保障される、豚《ぶた》と言われない。子どもは子どもとして生きる権利があるということ、そして大人はそれを大事にしてあげなくてはいけないということよ。よい生き方ができるように大人は見守り、手助けをしてあげなければならない。おまえたちが学校に来られるのも親のおかげ、食事をして温かいふとんに寝《ね》られるのも子どもの人権が守られているからだ。ガードの下で寝て学校に通ってきている人は、このクラスにはいない。つまり生きていく環境《かんきょう》が守られているということだ。大人と子どもの関係だけでない、子ども同士でもおたがいの人権は守っていかなければならない。友達をブタと言ってはいけない、いじめをしてはいけないということだ」

「さて、今日、先生が言いたいのはそのことではなくて、最後の一文だ。『母に感謝する日』だ。先生もついこの前まで知らなかった。こどもの日はお母さんに感謝する日なんだ。五月の第二日曜日が『母の日』といわれるが、これはアメリカから入ってきた風習、ある女の人が大好きなお母さんが死んで、そのなぐさめに教会に白いカーネーションを持っていったのが始まりといわれる。しかし、日本にも母の日というのがあった」

子どもたちはシーンとしている。

「こどもの日が来たら、ワーイぼくたちの日だなんて喜んでないで、おこづかいちょうだいなんて言ってないで、『お母さん、ぼくを生んでくれてありがとう、大事に育ててくれてありがとう』ぐらいのことは言わなくちゃ」

「ウェー」

「何がウェーだ。言うのが恥《は》ずかしい人は〈お手伝い券〉でも作ってプレゼントするんだな」

とうに一時間めにくいこんでいる。

小田《おだ》はこういう時間こそ大事な学習だと思っている。

ぜんそく

夏休みの思い出は、やはり夏にしかできない出来事でうめられる。小田《おだ》は夏が大好きで、一《いち》年中《ねんじゅう》夏でもいいとさえ思っている。

夏の一大イベント臨海学校は水泳訓練があり、遠泳をしたり波打ちぎわでの浜遊《はまあそ》びもあったりして、子どもたちにとって楽しい行事である。海岸で花火もすれば肝試《きもだめ》しもする、昼寝《ひるね》の時間も組んである。本当に盛りだくさんである。せっかく家を離《はな》れてきたからには、非日常の中で寸暇《すんか》をおしんで集団活動をするように予定されている。日本の学校行事は世界に冠《かん》たる教育活動である。

それは、子どものことを中心にすえた教師の熱い思いからできている。しかも、明治時代から連綿と作り上げてきたものである。こんなことはどこにでもあると思ったが、世界にはこのような学校行事の体系化されたものがないことを後で知った。日本の教育が歴史の積み重ねの中で高い水準を保っていることを小田は感じ始めている。日本のどこで学習を受けても、同じレベルの学習が構成されている。学習指導要領が日本全国津々浦々《つつうらうら》に浸透《しんとう》しているからである。だから、遠くへ転校しても前の学校の続きから学習ができるのである。

諸外国には基準になる教育要綱《ようこう》がなく、州ごとであったり学校ごとであったりするので、教育水準がそれぞれに変わってしまうのである。英国が日本の学習指導要領を参考に自国にも教育の基準作りを指示したということを聞いたことがある。

もう真夏、早朝とはいえ真夏である。すでに気温は二十七度をこえている。はしゃぐ子どもの声を乗せて、バスは正門前をたくさんの見送りに見守られながら出発した。小田を積み残して……。

この朝、小田は妹が車を借りに来るというので家で待っていた。待てど暮らせど来ないのである。集合時間はせまるし妹からの連絡《れんらく》もない。もう間に合わない、車のカギを置いてタクシーで学校に向かおうとしたときにやっとのことで妹がニコニコしながらやって来た。

「早く乗れ！」

あせり気味に車は急発進した。猛《もう》スピードで走る車の中で妹は遅《おく》れた言い訳をしていたが、小田の耳には入ってこなかった。もう出発の時間だ、間に合わない。車は正門に近づいた。なんとバスは小田の到着《とうちゃく》を待たずして出発した。親たちが手をふっている。運転席の小田の姿に気づいた親たちがバスの方向を指さしている。そして車をのぞきこんで不思議そうにしている。

助手席には女性が乗っている。誰《だれ》も小田《おだ》の妹であるとは思わないだろう。小田先生は女性を乗せて遅《おく》れてきた。朝帰りなのではないか、そんな風評が立つに違《ちが》いない。事実、帰ってきた後に親から聞いたのだが、「何も臨海学校の出発の日に女性と朝帰りしなくともいいでしょ」と、うわさが立ったというのだ。

小田の車はバスの後を追いかけて交差点を越《こ》えた。まだ朝早くて車も混んではいない。しかし、バスが停止しても乗り移るチャンスがないのである。追い越すことができてバスの前に出られれば、バスを止めて乗り移れるのだが……。そうこうするうちに高速道路の乗り口に近くなった。高速に乗ってしまえば途中《とちゅう》のサービスエリアまでノンストップになってしまう。小田は覚悟《かくご》した。

運よく高速入り口の手前の信号でバスは止まった。小田は荷物を持って車を飛び降りた。後ろに車もつながっている。何事が起きたのかとビックリしているだろう。リュックを肩《かた》かけにしてバスのドアをたたいた。運転手がバスのドアを開けてくれた。飛び乗ったバスには校長は乗っていなかった。小田にとって今年は該当《がいとう》学年ではなく、引率《いんそつ》補助であったのだが、引率者の一人を置いて出発してしまうこの集団の感覚が理解できなかった。とはいっても遅れたお前が悪いと言われればそれまでのことなのだが、座席に座って少し落ち着くと腹が立ってきたのである。

おれのせいではない、妹が遅れてきたものだから集合には間に合わずバスには乗れず、しかも小田を置いて出発してしまうなんて薄情《はくじょう》すぎる。脳裏《のうり》にうかんではムカムカしていたが、子どもたちとバスの中のレクリエーションが始まると一緒《いっしょ》になって盛り上がっているうちにその腹立たしさは消えていた。

バスは産業道路を通過するあたりで左右に夾竹桃《きょうちくとう》のもも色の並木が通り過ぎていった。間もなく海が見えかくれし始め子どもたちの歓声《かんせい》が続いた。

やがて漁村に入り、海のにおいと干し魚のにおいが入り混じって車内にただよい、都会とは違う世界に入ってきた。

開放的な門を入ると砂の園庭とたくさんのシャワーが見えた。Tシャツを通してジリジリと強い日差しがしみこんでくる。あっという間に汗《あせ》がふきだした。小田は引率者ではあるが、補助だったので学校から持ってきた荷物おろしを積極的にやった。集合に遅れたペナルティーを自分に課したこともあるが、じっとしていられない暑さでもあったからである。うきうきした気持ちは子ども以上にあった。心はもはや海にあったのである。

開園式を終えて食堂に入った、子どもたちは家から持ってきた弁当で昼食である。引率者はまとめて途中のドライブインで買ってきた弁当である。これがさしておいしくない。食べ始めて小田はすぐに見回りに出た。子どもたちがどんな弁当を持ってきているのか、そして、その味はどんなものであるか知りたいからである。子どもによっては食べきれないほどの量を持ってきているので、おすそ分けにあずかるのも目的である。卵焼きひとつとっても、それぞれの家庭によって味が違《ちが》う。これがおふくろの味になるのだろう。

「お代官様にみつぎものは？」

と言いながら、テーブルをぐるぐる回っていく。大食漢の小田《おだ》は、おすそ分けはいくらでも胃の中に入った。子どもたちの中には食べきれないほどに弁当を持ってきているのもいる。親の愛情の表れなのかもしれないが、最後は捨てるか小田に食べてもらうかなのである。小田の胃《い》袋《ぶくろ》の中は和・洋・中の料理がまぜこぜになっている。最後は、

「残ったから食べて」

「もういらないから食べて」

と持ってくる。小田はこれがいやなのである。食べ残しをめぐんでもらうような感じがするからである。この昼食にはおやつを持ってきてはいけないことになっている。遠足などではおやつを早く食べたいばかりにお弁当を残してしまう子もいる。学校によっては、母親の手作りを完食させるためにおやつ禁止のところもある。一つの見識であろう。主食をきちんと食べ終わってからでないとおやつには手を出せないと決めている学校もある。こんなことも配慮《はいりょ》して教師は子どもたちの健康や社会性を育てているのである。

部屋に戻《もど》り、午後の海浜遊《かいひんあそ》びのための準備に入った。小田も早めに水着に着がえて準備をした。いよいよあこがれの庭崎《にわさき》先生の水着姿が見られると思うとワクワクしてくる。

園庭に子どもたちが集まり始めていた、小田は命札を持って出た。学校の校庭に生えている大きな竹を割り切り、そこに名前が書いてある。海岸に行って海に入るとき、本部の前の砂浜《すなはま》に立てておくのである。海から上がって来たときにそれを引《ひ》き抜《ぬ》いていく。もし竹の棒が残っていたら事故にあったということになるのである。

庭崎先生も手伝ってくれた。残念ながら水着の上にTシャツ、下は短パンをはいていて小田の想像するものではなかった。しかし、Tシャツを通してコバルトブルーの水着の色が見える。そのほうがかえってなまめかしい感じがした。目がクリッとして八重歯《やえば》がかわいい、そして、何よりも女性的なおだやかな性格が魅力《みりょく》で、小田はかげのファンと自認している。

園庭を出て砂の道を五分ほど歩いていくと海岸が開けた。決してきれいな海とはいえないが泳げるというだけで子どもたちは興奮《こうふん》していた。小田は準備運動の指揮もする。指示をてきぱきやって早く海へ入りたかった。この浜は遠浅でたくさんの学校が臨海学校としてやって来る。海岸は見わたす限りの子どもたち、各学校や行政機関の旗が立っている。こんなにぎわいも家族連れとは違った集団活動を通して社会性の育成の場となっている。

準備運動を終え、命札を本部前の浜に立てて波打ちぎわに出た。最初だからひざのところまでの深さで遊ぶと言うのだが、ひざまでと言えば腰の深さ、腰までと言えば胸の深さまでと言えばもぐって遊んでしまうのが子どもの常だ。

案の定、腰の高さのところまでひたって遊びだした。約束違反《いはん》はさっさと浜《はま》に上げてしまう、最初が肝心《かんじん》なのだ。これを見逃《みのが》すと、この後勝手な行動をしだすからだ。引率《いんそつ》の先生がたや現地指導員の人が海の中に入って立っている。まずは順調なすべりだしを見せていた。ボートも借りてある、いざというときのために用意してある。今日はまだ出していない。明日の遠泳のときに使うのだ。泳力別の班に分けて午後は泳いだり海浜遊《かいひんあそ》びをしたりして、あっという間に時間は過ぎた。

初日の夜は浜で花火大会である。花火は天候に左右されるので一日めの夜に設定している。一日めの天候が悪ければ二日めと行事を入れかえる。

幸い天候にめぐまれ問題もなかったので、小田《おだ》たちは手持ち花火や打ち上げ花火を用意した。今年は時間のない中、庭崎《にわさき》先生と遠くの問屋街まで買い出しに行ったので、同じ予算で倍近い量の花火がある。小田は正当な理由で庭崎先生と一緒《いっしょ》にいられるというだけで、臨海学園がいっそう楽しみになっている。

夕食後、懐中《かいちゅう》電灯を持って子どもたちは園庭に集合した。ジローがいる。ぜんそくの持病があるので、浜に行かせるか先生がたの間で議論になった子である。

「せっかく来たんだから、みんなと一緒に浜に連れていってやったらどうか」

「臨海に来てぜんそくを起こしたら、楽しいはずの思い出が悲しい思い出になってしまう」

「体調は決して悪くない、連れていってやってもいいのではないか」

考え方が正反対で決めかねた。最後に校長が判断を下した。

「せっかく来たのだから連れていってやろう。ただし花火から離《はな》れたところで見学をする。残念だが花火は持たせない。養護の万田《まんだ》先生がついていてください」

子どもたちは浜に出た。ジローも後ろから万田先生とついてきている。何せ去年の倍近い量の花火があるので次から次と花火の連続である。子どもたちに手持ち花火をさせている間に打ち上げ花火を準備するというくりかえしである。少し風はあったが花火のきれいさは人の心をうきうきさせる。ジローも小高いところで立って見ていた。時折風向きは変わっていたが、離れたところにいたので大丈夫《だいじょうぶ》と思っていた。全員で手持ち花火をやったとき、煙《けむり》がもうもうと上がり、しかも風向きがジローの立っている方へ吹《ふ》いた。逃《に》げる間もなくジローは煙を吸《す》ってしまった。あっという間の出来事だった。すぐにジローは発作《ほっさ》を起こし始めた。小田は気づかずに花火の世話をしていた。いよいよ最後の大花火にとりかかった。近くで見れば一尺玉《いっしゃくだま》が打ち上がったのかと思えるような見事さで、どこで聞き覚えたのか子どもたちから、

「玉やー」「カギやー」

の声が挙がった。

夏とはいえ夜風は冷える、ましてもう風呂《ふろ》にも入っている。湯冷めをしないうちに宿舎に子どもたちを帰した。宿舎の前で、校長と学年主任、養護の先生が何やら話している。小田《おだ》たちは花火の後始末をして戻《もど》ってきた。

「小田先生、頼《たの》みがあるんだが……」

何を神妙《しんみょう》に言うのか不思議に思った。

「ジローの発作《ほっさ》が止まらずに少しひどくなっている。病院はすでに終わっているし、万田《まんだ》先生はゆっくり休ませれば治ると言っているんだ。悪いけど今夜ジローにつきそって寝《ね》てくれないか。横にいてくれるだけでいいから」

校長に言われては、職務命令みたいなもので断れない。ジローの兄ちゃんを受けもったこともあり小田は了解《りょうかい》した。

就寝《しゅうしん》の準備を終えた小田はジローのいる部屋へと向かった。すでに子どもたちも寝る準備ができていて、あとはふとんに入るだけとなっていた。小田はジローの寝床《ねどこ》の横に座布団《ざぶとん》を並べて自分の寝床を確保した。自分の部屋からふとんを持ってくるのが面倒《めんどう》くさかったのである。

「もう寝よう」

今年の学年はけっこう聞き分けがいい。素直《すなお》にふとんに入り、笑い声ひとつ立てずに眠《ねむ》りに入った。こんな素直な子どもたちだとちょっと拍子抜《ひょうしぬ》けする。

「ひーーーーいっ」

小田の隣《となり》でたしか声がした。眠りに入った子どもたちが笑い声を上げた。

「ジローが苦しんでいるのに笑うとは何事か！」

小田の一喝《いっかつ》が飛んだ。

「ジロー君、大丈夫《だいじょうぶ》？」

隣に寝ていた子がとってつけたように声をかけた。

「ひーーーーいっ」

ジローは息苦しそうに声を出した。小田はどうしてやればよいのか分からずとりあえず背中をさすった。横になったままジローは左右に手をふった。

「さすらないほうがいいの？」

ジローはうなずいた。

「ひーーーーいっ」

ジローは起き上がった。寝ておいたほうがいいんじゃない？という小田の声かけに小さな声で

「このほうがいい」
とささやいた。あまりひんぱんに息苦しく息をするので、ジローを隣《となり》の小部屋に移すことにした。周りの子どもたちがふとんを運んでくれた。横になって寝《ね》ろという言葉にジローは手をふって、枕《まくら》を抱《だ》いてあぐらを組んで座っていた。

だんだんと息苦しい声の回数は減ってきた。夜中になり小田《おだ》も眠気《ねむけ》が出てきた。うとうとすると、

「ひーーーーいっ」

で起こされる。これがひんぱんに起こる。小田はもう眠れなくなった。

どうしたら発作《ほっさ》が収まるのか、真夜中だけれどお母さんに電話をすることにした。ちょうど万田《まんだ》先生が顔を出してくれたので交代して本部に出かけた。電話にはお母さんが出た、

「ジローが発作を起こして苦しんでいるんですが、なんとかやわらげる方法はないですか?」

「あーら先生、発作起こしたの。すみませんねー、そのままほっといてくれて大丈夫《だいじょうぶ》よ。死にゃしないから。あっはっは」

電話の向こうから明るい声が聞こえてくる、こっちは必死なんだよ。校長からは迎《むか》えに来てもらうよう言われている。どうすれば発作が収まるのか聞きたいのに、放っておいて大丈夫と言われても慣れない小田にとって不安ばかりがつのる。しかも目の前で、

「ひーーーーいっ」

とやられたらいたたまれない。明日いちばんで迎えに来てほしいと言うと、

「朝になったら収まっているから、大丈夫」とりつく島もない。いたしかたなく本部に報告すると、何かあったら万田先生に連絡《れんらく》するということと、明朝いちばんで村の診療所《しんりょうじょ》に連れていってほしいと言われた。この引率者《いんそつしゃ》の中に自動車免許《めんきょ》をもっているのは小田さんだけなんだよ、よろしく頼《たの》むと校長から言われ部屋に戻《もど》った。

ジローは立てた枕を抱いて、あごを枕に乗せ座ったままで寝ていた。小田も眠気が来たので横になった。ジローの様子が落ち着いて小田も安心して眠りについた。お母さんの言う通りだ……。

「ひーーーーいっ」

夢の中で聞こえたのか、小田が深い眠りにつこうとしたときである、また息づかいが小さくなった。時計を見ると午前三時を回っている。

「大丈夫か?」

ジローは首を縦にゆっくりふった。何もしてあげられないいらだちに小田はただただ寄りそうことしかできなかった。小康状態《じょうたい》になってきて、

「先生、横になって」

とかすかな声で言った。どのくらいたったのであろう、

「ひーーーーいっ」

という声で目が覚めた。またジローが発作《ほっさ》を起こしている。小田《おだ》は起き上がり、ジローの背中にふとんをかけた。ずっとこの姿勢でいるのはかわいそうと思ったのだ。午前四時である。いくぶん収まったので、小田は座ったままジローと同じように居眠《いねむ》りを始めた。

「ひーーーーいっ」はその後も続いた。ジローも寝《ね》られないだろうが小田も同じであった。

ハッと目が覚めた、というより起こされた。万田《まんだ》先生がいた。

「大変だったわね」

小田は座ったままで居眠りをしていたので、首を上げるのが痛かった。

「こんなときになんだけど、管理人さんが村の診療所《しんりょうじょ》は朝早くから患者《かんじゃ》さんが来て診療待ちをするので早く行ったほうがいいと言うの、親から預かった保健証の写しはここにあるから持っていって、車をとってくるまでジローは見ているから」

部屋ではそろそろ起床《きしょう》の合図《あいず》をするところであった。部屋の子どもたちに指示を出し、小田はもうろうとしながらも車を借りてきて診療所に向かった。子どもたちもジローのことを心配して声をかけてくれた。

診療所の待合室《まちあいしつ》は言われた通り患者であふれていた。ここだけが村の唯一《ゆいいつ》の病院であるのだ

からしかたがない。長椅子《ながいす》にジローを腰かけさせ順番を待った。小田は立っていることにした、座ったら眠ってしまいそうだったからである。まだ診察は始まらない、六時半に着いたが診療開始は八時である、シーンとした中で時折咳《せき》ばらいが聞こえるだけであった。日が上がってきて少しずつ気温が上がり、そして人いきれで待合室は暖かくなった。小田は急激に眠気がでた。立ったまま寝ていた。時折ひざがガクンと折れて、目が覚めることをくりかえしていた。

やっとジローの順番が来た。医者はさほど深刻そうにはみていなかった。吸引《きゅういん》をして終わった。

帰る車の中でジローがふつうの状態《じょうたい》になっていて小田も一安心した。

宿舎に着くとすでに朝食は終わっていて、食堂のすみのテーブルにジローと小田の分の食事が残されていた。みそ汁《しる》は冷たくなっていてご飯は固まっていた。ジローはあまり食べたくないというので万田先生に預けた。小田はとにかく食べておかないともたないと、がまんをして平らげた。急激に眠気がおそってきた。すでに子どもたちは浜《はま》に行って泳いでいるはずだ。ひと眠りしたいのをがまんして小田は浜に向かった。

校長に報告をし終える頃《ころ》には子どもたちが一回めの遊泳を終えて浜に上がってきた。命札はきれいになくなった。この命札は海浜遊《かいひんあそ》びのとき、砂を掘《ほ》るのにも活用できて便利なものであった。

「この次は遠泳ですが、予定通り小田《おだ》先生は子どもと一緒《いっしょ》に泳いでください。ボートには校長先生と管理人さん。遠泳の先頭と最後尾《さいこうび》は現地指導員さん、中ほどに小田先生と庭崎《にわさき》先生が泳いでください」

小田は朝食の扱《あつか》いの不満もあってカッカしていた。眠《ねむ》いしフラフラしている。そんなことの配慮《はいりょ》もできないのか、ボートに乗りたいと主張したかったがやめた。庭崎先生が泳ぐのならがまんしよう。でも、泳ぎきる自信はなかった。ぐるっとロープの外側を泳ぎ、防波堤《ぼうはてい》に泳ぎ着くのである。たいした距離《きょり》ではないが、なぜか小田は体力の限界を感じていた。

砂浜《すなはま》をずーっと左の方に歩いてから海に入り始めた。子どもたちに大きな声で気合いを入れたが、それは自分に対する気合いでもあった。庭崎先生が先に泳ぎ始めた。Tシャツに水着である。それを見ているだけでなぜか心が収まった。

小田は背の高いほうではあるが、小さな波が来れば沈《しず》んでしまうくらいの深さであった。もちろん、子どもたちは足がつかない。小田は立ち泳ぎをしながら子どもたちの泳ぎを加勢していた。そのうちボートに乗った校長が現れた。ニコニコしながら乗っている。こっちは疲《つか》れているのにいい気なもんだ。小田は乗せてくれと言いたかったが、庭崎先生が泳いで近づいてきたのであきらめた。

学校のプールで遠泳の練習はしてきた。子どもたちは二十五メートルプールをグルグル泳いで回るのである。縦に泳いで壁《かべ》につく直前で横に泳ぐ、また縦に泳いで一周回る。約七十メートルくらいか、その間立ってはいけない、壁にタッチをしてもいけない。授業のたびに子どもたちの泳力は伸《の》びた。平泳ぎでゆっくり泳ぐ、追《お》い抜《ぬ》いてもよい。あまり近づきすぎるとけっ飛ばされるから気をつけろ、泳力だけでなく集団で泳ぐときに気をつけることも学んだ。

しかし、現実は大違《おおちが》い、まず波に揺《ゆ》られること、足がつかない恐怖心《きょうふしん》、泳いでも進んでいる感じがしない、目的地が一向に近づいてこない。小田は背うきをしながらかけ声をかけていた。ほとんどやけくそ状態《じょうたい》、そしてカラ元気。どうももがいているような子を発見、近づいて間近を泳いだ、かえって子どもは安心したのか小田に頼《たよ》ろうとしがみついてきた。しがみつかれたら危険である。それでも、キョウスケは必死に泳いでいる。この子のいいところはなんとかがんばる気持ちをいつももっていることである。

小田はキョウスケをつきはなしながらレスキューを頼《たの》んだ。すぐには気づかずにゴール目指してこいでいる。監視船《かんしせん》なんだからもっと目配りしてくれなきゃ、小田は叫《さけ》んだ。やっとこちらをふりむきこぎよせてきた。キョウスケはボートの上に乗せられるとさびしそうな顔をした。肩《かた》で息をしている小田はまた泳ぎ始めた。レスキューをするというのはいつもの泳ぎとは違うので余計《よけい》に疲れる、声もかれ始めた。

あまり余裕《よゆう》のない泳ぎであったが、なんとか防波堤が近づいてきた。

「キョウスケ。ゴールが近づいてきたぞ、水を飲んだのは直ったか？」

わざとそう言った。

「最後だから、また泳ぐか？」

キョウスケはまた海に入った。見違《みちが》えるほど元気に泳いだ。

やっとのことで防波堤《ぼうはてい》についた。地に足がつくということは、こんなに安心感があるのかと今更ながら思った。と同時にどっと疲労感《ひろうかん》が出た。先に上がった庭崎《にわさき》先生が、

「大丈夫《だいじょうぶ》ですか？」

と声をかけてくれて小田《おだ》の疲《つか》れはふっとんだ。ぬれたTシャツの下のコバルトブルーの水着が目にしみこんできた。これだけでがんばったかいがあったと思った。

昨日の晩から今日の昼までよくこき使われた。ちょっとでもねぎらいの言葉や態度が見えたならばもっと気持ちよく働くことができるのにとつくづく思った。小田のこれからの生活の自《じ》戒《かい》とした。

昼食後は昼寝《ひるね》の時間がある。さすがに子どもたちを寝かしつけた後、小田も横になったとたんに爆睡《ばくすい》していた。

ジローは薬と吸入のおかげで回復し、お母さんの迎《むか》えを頼《たの》まずともその日の午前中は宿舎のほうで、午後は浜辺《はまべ》の本部の中で見学をした。さびしそうではあったが友達と一緒《いっしょ》にいられる

ことは何よりであった。海浜遊《かいひんあそ》びのときにははだしになって砂の城作りなどもして楽しんだ。

あと一日、無事に過ごしてくれるといいのだが……。

その夜は天候にもめぐまれ、浜辺の周回コースで肝試《きもだめ》しをすることになっている。夕食がすんでもまだ明るいので、夕闇《ゆうやみ》が来るまで時間消化をすることになった。風呂《ふろ》にも入り部屋にふとんもしき、帰ってきたら歯みがきをしてすぐに寝られるように準備はした。そして、簡単な室内遊びをさせながら時間を過ごさせた。小田たちはその間に肝試しの準備をする。今年の肝試しにはゴム製のお面を持ってきた。足もとを照らすのに提灯《ちょうちん》も買ってきた。庭崎先生と花火を買いに行ったとき、問屋街で安く買ってきた物である。小さいロウソクを一人ひとりにわたし、コースに出かけるのである。もちろん、スタートで火はつけてやるが、途中《とちゅう》で消えたら暗闇の中を歩かなければならない。いかに火は人間に役立っているかを体感させたいのである。

少しずつ夕まずめになってきた。集合をかけて中庭に集まった。子どもたちの中には、肝試しということだけで緊張《きんちょう》し顔がこわばっている子もいる。小田のところへ来て、二人で行くんでしょうと盛んに質問してくる。

「一人で行くに決まっとるだろうが」

もうそれだけで涙目《なみだめ》になっている。かばって元気づけていた子までが連鎖反応《れんさはんのう》のように一緒

になって泣き始めた。周りの子が、

「先生がいけないんだ。女の子を泣かせるなんて」

小田《おだ》をにらみつけている。パニック状態《じょうたい》というのはこういうことをいうのだろう、泣き声の輪が広がっていく。まだ闇《やみ》にはなっていないないが始めることにした。

「さて」

と言ったとたんに、

「キャー。ヤダー」

あっちこっちから悲鳴ともつかない声が上がってくる。

「まだ始まりじゃないから」

「肝試《きもだめ》しのコースを言います」

女の子の中には耳をふさいでいる子もいる。

「聞いておかないと迷子になって帰ってこられないぞ。先週もほかの学校の子が一人行方《ゆくえ》不明になったらしい」

「キャー」

「なんでそんなこと言うの。また泣いちゃうでしょ」

「本当のこと言ったまでよ。帰ってこなかったんだって」

「うそつきー」

「信じなくてもいいんだよ」

「ワー」

小田は楽しんでいる自分が分かった。

日が沈《しず》み、夕暮れが一段と進み、何か明かりがほしくなる時刻になってきた。中庭には虫も飛んで子どもたちが逃《に》げ回《まわ》っている。都会の子どもにとって虫は得体の知れない不気味なものである。

いよいよ提灯《ちょうちん》を配り始めた。

使い方を説明し、消えたら二度と火はつかない、真っ暗闇の中で道に迷わないようにと言った。空も暗闇になってきているので子どもたちは提灯ほしさにこぞって手を出してきた。

浜《はま》ではほかの学校が花火をやっているので音が聞こえる。しかも、肝試しコースの近くで花火をやっている。全く怖《こわ》さが出ない。草むらなどにひそんでもらうこととして、おどかし役が一足先に出発した。その中にジローもいる。せっかく来たしぜんそくも収まっているし、コースを歩くのではまた煙《けむり》を吸うといけないので、じっと待機しておどかし役をするぐらいなら大《だい》丈夫《じょうぶ》だろうと校長に話して参加させた。条件はまた発作《ほっさ》が起きたら小田がまた寝《ね》ずの番をすることだった。たとえ徹夜《てつや》で看病したって次の日はバスに乗って帰るだけだからなんとかなるだろう。ジローは養護の万田《まんだ》先生とスタートして一番めの地点に待機した。

夕闇《ゆうやみ》がますます群青《ぐんじょう》の色を増してきた。本来ならば漆黒《しっこく》の闇がよいのだが……。肝試《きもだめ》しにはちょうどよい時間になってきた。出発前に怖《こわ》いお話をするのが恒例《こうれい》である、その役は校長。あまりに怖いお話はしないが、そこは肝試しであるからもっともらしい作り話を子どもたちに聞かせる。その間におどかし役の二番隊が出かけるのである。

「これからお話しすることは、信じなくともよいが……」

校長が話し始めると、

「ヤメテー」

「聞きたくないッ」

「アー。ワー。アー……」

と耳をふさぎながら下を向いている子がたくさんでる。隣《となり》の子が、

「泣いているんだから、やめてー」

助け船を出している。校長をにらんでいる。もうすでにパニックモードである。遠くで花火のはじける音が聞こえる。かすかに人のざわめきも感じられて、肝試しにはあまりよろしくない。出かける前に小田《おだ》は子どもたちに、

「後ろから来る子に追いつかれると霊《れい》がとりついて、金しばりにあったりして寝《ね》られなくなっ

たりするぞ。もし、追いつかれてしまったら霊がつかないように後でおまじないをしてやる。提灯《ちょうちん》は大事に持っていけ。消えたら最後、真っ暗闇の中を一人で歩くことになるぞ」

と言い残していた。

「二人で行きたいッ」

「二人で行かせて。お願いッ」

もう絶叫《ぜっきょう》である。出発係は校長に任せた。

「この浜《はま》はな……」

「ギャーッやめて、聞かない、聞かない、アー、ウー」

女の子が耳をふさぎながら大声で叫《さけ》んでいる。

「江戸《えど》の昔から人々の遊び場所として有名だった。かつては貝や魚が豊富に採《と》れて人々は豊かな暮らしをしていた。そこへ東北の海賊《かいぞく》がやってきて、魚や貝だけでなく着物や金銀財宝まで盗《ぬす》んでいった。村の男たちは殺され、八つざきにされ、年寄り、子どもまで殺されてしまった。ある者は殺されてあのマツの木にぶら下げられ、ある者は海にすまきにされて放り投げられてしまった。この浜が赤浜と呼ばれるのはそのときたくさんの村人の血が海を真っ赤に染めたからだという」

作り話とはいえ真にせまっている。

「生き残った村人の中にも、悲しんで近くのマツの木で首をくくって後を追ったという言い伝えもある。ここから見えるあのマツの木だ。ちょうどその下を通るから、気をつけたほうがいい。おいでおいでと誘《さそ》ってくるかもしれない」

ウワー、キャー、ヤメテー。ますます声がふるえている。

「それまで緑色をしていたマツの木が、その年から赤い色に変わり赤松《あかまつ》になったともいわれている。そういわれると先生が昼間歩いたときにマツの木がなぜあんなに赤いのか、枯《か》れているのかなあと不思議に思っていたのだが解決した。あれは人の血がそうさせたのだと……」

「今でこそ昔の面影《おもかげ》を取《と》り戻《もど》してきたけれど、その当時の村人の怨霊《おんりょう》が今でもさまよっていて、一人で歩いているとどこからともなく現れてきて背中にとりつくんだそうだ。こんな月夜の道を歩いていると地面の下からもうめき声が聞こえてくるんだそうだ。声が聞こえてもそちらの方を向かないこと。そちらを見てしまうと『スワーッ』ととりついてきてしまうんだそうだ」

声が大きくなって、泣き声も叫《さけ》び声《ごえ》も絶頂になった。

「さぁー気をつけて行っておいで。無事に帰ってくるように」

わざと低い声で言う。もう涙声《なみだごえ》も小さくなり、全員がふるえ始めている。

「一番めの人は？」

こんなときに必ずといってカラ元気を出して前に出てくる子がいる。かわいくないのだ。さっさとスタートをさせる。

「怖《こわ》くもなんともないもん」

早速、養護の先生のところで悲鳴が上がる。

「大丈夫《だいじょうぶ》かなぁ」

校長が静かな声で言う。子どもたちは静まりかえっている。一人また一人と出発していく。心細くなってきたのか、女の子が近づいてきた。

「二人で行かせてください。お願いです」

「うーん。一人という約束だったからねえ」女の子は悲しげな顔をしてまた泣き始めた。校長は困ったような顔をして言った。

「どうしてもというなら二人組みで行かせてあげる、ただし男女ペアに限る」

また叫びが大きくなった。

「一人じゃいやだと言うから考えてあげたのさ。強い人と組んだらどうだ。二分以内に相手を探して先生の前に手をつないで並ぶ」

いろいろ文句を言うひまを与《あた》えない。いやがっていた子も必死になって相手を探している。どんな子がペアになるのか、頼《たよ》りにされるのは誰《だれ》か、

「一分……。あと一分だぞ」

もうキャーキャーと言いながら相手を探している。数組のカップルができた。

ふだん目立たない子や頼《たよ》りなさそうな子がカップルになっている。半べそをかいていた男の子が体の大きな女の子とペアになっている。校長は笑いをこらえるのに必死であった。すでに半数の子どもが出発した。提灯《ちょうちん》でやけどをしないか、ジローは大丈夫《だいじょうぶ》か、気になることがいっぱいである。

「途中《とちゅう》で手を放すと、すぐに霊《れい》がとりついてくるぞ。最後まで手は放さないように」

校長は笑いをこらえながら言った。

小田《おだ》のおどかしポイントはほとんどコースの終わりくらいのところで、茂《しげ》みがあってかくれるのには格好の場所である。しかし、虫がバンバン飛んできてしかもゴムのお面をかぶっているので、汗《あせ》が顔を伝わって落ちる。ヤケにゴムのお面のにおいが鼻につく。いいあんばいに口のところが小さく開いているので小田は子どもたちが来るまでタバコを吸った。これがいけなかった、お面の中に煙《けむり》がたまり、目はしみるわ息はできないわでお面を外した。もともと厳《いか》つい顔をしているのでお面をかぶらずとも十分に怖《こわ》い顔になる。まして懐中《かいちゅう》電灯を顔の下から当てればそれで十分である。

カラ元気を出して大声で歌を歌ってくる子。しっかり手をつないで提灯を必死に見つめ、周りも見ずにひたすら歩いてくる子。

「そこにいるのは分かっているんだぞー」

と、当てずっぽうに叫《さけ》びながら歩いてくる子。すでに提灯《ちょうちん》は消えている。うす明かりの中で手探り状態《じょうたい》で歩いてくる子。

子どもたちはかわいい。

いいあんばいに、無事肝試《きもだめ》しは終わった。

「先生、わたし、後ろの人にくっつかれてしまった」

「手を放してしまった。金《かな》しばりにあったらどうしよう」

今度は次の不安が待っている。

「じゃあ、おまじないをしてやろう。ユメハカイバイ、ユメハカイバイ、ユメハカイバイ」軽く子どもの背中をなでながら安心させた。小田《おだ》が子どもの頃《ころ》母親がやってくれたものである。

子どもたちは安心して宿舎の中に入っていった。

それにしても子どもたちはかわいい。

その晩の反省会は、肝試しのことでもちきりだった。誰《だれ》がカップルになったか、意外な面がでた子は誰だったか、ジローが無事でよかったなど、午前様になりながら子どもたちのことで花が咲《さ》いた。

もう飲むものがなくなりながらもスルメをしゃぶりながら夜は明けていった。

ジョアンという名の社長

夏休みが終わってすぐの保護者会。

今日の話題は夏休みに子どもたちがどんな過ごし方をしていたか、夏休み前に出しておいた読書の結果についてを話題にしてリラックスした中で懇談《こんだん》が進んだ。

子どもたちは夏休みを過ぎると体が一回り大きく成長する。背も伸《の》び、体重も増える。どの学年の子もそうだ。小田《おだ》のクラスの子どもも同様である。ぐっと「～らしく」なってきたなと感じている。

保護者会の話題では、

「うちの子は、遊んでばかりいて宿題以外は何も勉強しなかった」

がほとんどであった。顔が怒《おこ》っている。

――遊んでばかりで何が悪いんだろう。夏休みは家で家族を学び、地域で育ち、友達と遊ぶことで十分ではないか。小田はそう思っている。

しかしながら、体位・体力ばかり伸びたとしても、知的な面も伸びなければバランスがとれない。そこで、毎日の反復練習で記憶《きおく》を定かにする。漢字の書きとり練習五つと計算練習五問は課した。そして、夏休み中に最低三冊の本を読むことが四十日間の宿題である。

夏休みに入る前に、

「どこかの日にまとめてやるなよ。毎日こつこつとやれ。本も頭のみずみずしいすっきりしたうちに読め。それが宿題！」

「それともう一つ」

「エーッ。まだあるのォ」

「ある」

「今朝、校長先生がおっしゃった約束。『九月一日に全員元気でここで会いましょう』が宿題だ」

「なーんだそんなことかあ」

「そんなことかじゃないゾ。ぼーっとして歩いていて車にはねられて死ぬかもしれないゾ。へそ出して寝《ね》ていてかぜひくことだってあるぞ。なぁ、ミキ」

「わたしはパジャマを着てます」

顔を赤らめて言うところがなおかわいい。

「くれぐれも交通事故にあわないこと、病気にならないことが宿題。もし万が一何かあったら必ず先生に連絡《れんらく》すること」

「はーい」

気持ちが軽くなったのか、返事も軽い。

親はもっと宿題を出してほしかったらしい。

読書の宿題は何を読んだか、何が書いてあったかをワークシートに書かせて提出させた。『あばれはっちゃく』だの『かいけつゾロリ』などが人気で多数を占《し》めた。

中には『原子物語《ものがたり》』と書かれているのがあった。科学の〈原子〉についての本を読んだのだろうと思った。ミキである。ミキが科学？ 小田《おだ》は結びつかなかった。

ミキを呼んだ。文の中味については、宇治《うじ》だの若菜などという文言《もんごん》が出てくる。何やら違《ちが》う、

「ミキ。ハラコ物語って、何読んだの？」

「あのね、げんじ物語なの」

また顔を真っ赤にして答えた。

「あ、そう」

保護者会には、ミキの名前は出さなかったが、話題として出した。

「どうも中味は読んだみたいだけれど、背表紙は読まなかったようで……」

保護者は大笑いしていた。

保護者会の終了後《しゅうりょうご》、めずらしくジョアンのお母さんが近づいてきた。

「先生、娘《むすめ》のことで相談があるんですけれど」

いつも保護者会が終わっても何人かのお母さんが残って談笑していくのだが、今日は気を利《き》かせてみんな教室を出ていってくれた。子どもの机を向かい合わせにして座った。

お母さんが働き始めたというのはジョアンから聞いていた。母ひとり子ひとりの家庭である。生きるというために一生懸命《いっしょうけんめい》働いているのに今日は休暇《きゅうか》をとってきたと言う。お母さんはいつも会えば笑顔《えがお》なのに、今日は神妙《しんみょう》な顔をしている。

ジョアンはクラスの女の子の中でもいちばん背が高くて目立つ、泣き虫なのだが気は強い。男の子にも戦いをいどんでは最後に泣く。

でも、ジョアンだけは感性が違っていた。周りの子はほとんどがアイドルのことで話題はもちきりなのに、ジョアンはイギリスのロック歌手が好きでよく聴《き》いているという。小田も知らない歌手である。この歌手が好きで夜までラジオを聞いているといつか言っていた。

「先生、お時間とっていただいて申し訳ありません。実はわたし、毎日イライラしてもう神経がこわれそうなんです」

今日このまま帰したら、首でもつってしまいそうな話し始めであった。

「どうしました」

小田《おだ》は冷静をよそおって相づちを打った。こんなときは一緒《いっしょ》になってテンションをあげないようにすることが大事である、と先輩《せんぱい》から聞いていた。

「娘《むすめ》が朝起きないんです。わたしは会社勤めを始めましたから、朝七時過ぎには家を出なければならないんです。でも、あの子は起こしても起こしても全然起きてこないんです。何度起こしてもふとんの中に入ってしまうんです。ご飯は作ってあるし、早く食べてほしいし、出勤する時刻はせまってくるし。ついイライラして洗面器とお玉を持ってきて、枕《まくら》もとでガンガンたたくんです」

「はぁ？」

小田はこのお母さんがそんなことをするように見えなかったので、つい笑ってしまった。

「先生、笑いごとではないんです」

小田は真顔になった。

「それが毎日なんです。もうイライラして疲《つか》れました。ギリギリまでの毎朝の戦いなんです。夜は夜で好きな外国の歌手の声が聞きたくて遅《おそ》くまで起きている」

「『遅くまで起きているから朝起きられないんでしょ、寝《ね》なさい！』ってまたどなる、イライラが収まらないんです。明日の朝のことを考えるとまたイライラして寝られないんです。もう、疲れました」

確かにお母さんの顔には疲れがにじんでいた。

「なんで起こすんです？」

「えっ！」

お母さんの目が点になったのを小田はみてとった。

先生は話をまじめに聞いてくれているのだろうか、半ばあきれ顔になっていた。

「なんで起こすんです。寝るとか起きるとかいうことは自己責任ではないですか？　確かに親の責任としてきちんとした生活習慣をつけてやらなければならないですよ。でも、もうそんな年齢《ねんれい》じゃない。まして朝から耳元でガンガン鳴らされたら、もっとふとんの中にもぐってしまうでしょ。わたしもジョアンのようにするなあ」

お母さんがじっと聞いていた。わたしの味方じゃない……。

「お母さんも仕事をもっていらして大変なのはよく分かります。やり方を変えませんか？」

お母さんは何を言いだすんだろうかと体をせりだしてきた。

「明日から起こすのやめませんか？」

「？」

「まず今日の夜は『もう寝《ね》たら？』とやさしく言うだけ。お母さんは電気消して寝てください。そして、起きたら自分のことをして、ジョアンの朝食を用意して七時過ぎになったら、『おはよう、お母さんは会社に行くよ。ご飯できているからね』とだけ言って出かけてください。最初は苦しいと思うよ、でも後で楽になるから」

小田《おだ》は保護者会などの機会を見つけては、お母さんがたの子どもに対する朝の小言が多すぎることを指摘《してき》していた。

「起きなさい！」

「歯をみがきなさい！」

「ウンチはしたの！」

「学校の用意はできてるの！」

「だから、昨日のうちに準備しときなさいって言ったでしょ！」

「ご飯食べなさい！」

「テレビ見ながら食べるから遅《おそ》くなるのでしょ！」

「学校に遅《おく》れるヨッ！」

お母さんの気持ちも分からないではないが、これだけ言われれば次の行動もにぶってしまう。

楽しいはずの学校へ出かけるのも憂鬱《ゆううつ》になってしまう。このことは外国の家庭も同じだとどこかの本で読んだことがある。

そこで小田は、朝の親子の会話は「お・ご・わ・い」でいいと言っている。どの学年を受けもっても変わらない、一貫して助言している。「お」は「おはよう」、「ご」は「ご飯できてるよ」、「わ」は「わすれものない」、「い」は「いってらっしゃい」。この四つでいい。あとは自己責任、余計《よけい》なことは言わず気持ちよく送り出す。

「ジョアンは賢いから自分のことは自分でやれますよ。今は、あんまり言われるから逆らっているんですよ」

「……」

「お母さんは不安だと思うよ。でも、心を鬼《おに》にしてやってみましょう。今まで鬼のようだったんだから……」

あまりいいジョークではなかったが、お母さんは笑ってくれた。

「カギはきちんとかけてね。気をつけて学校行くんだよ。それじゃあね」

ポイントだけ押《お》さえていうように話した。余計なことは口がさけても言わないようにした。

「もしかして学校に遅刻《ちこく》してくるかもしれないけれど、徐々《じょじょ》に直ると思うけどなあ」

「やってみませんか？　そのほうがお母さんは楽でしょ？」

お母さんの表情が変わったのを感じた。お母さんは教室を出るとき、深々と頭を下げて出ていった。

翌朝。

朝の会にジョアンの机は空席だった。

ダメだったか……。

小田《おだ》の気持ちは沈《しず》んだ。遅《おく》れそうになって、あわてて道路を走って横切って今頃《いまごろ》車に……小田の心は不安になった。

一時間めが始まる前、

「ちょっとジョアンのところへ電話してくるから、みんなでそこのところ大きな声で読んでおいて……」

隣《となり》のクラスの新山《にいやま》先生にお願いして小田は階段を下りていった。

電話はつながるが出ない。職員室にいた養護の先生に頼《たの》み、教頭に連絡《れんらく》をして小田は教室に向かった。

一時間めの国語が終わった。ジョアンはまだ来ない。

二時間めの授業をしながら小田は、二十分休みに家まで行こうと考えていた。しかし、二十分休みに打ち合わせがあることを忘れていた。行かれなかった。打ち合わせを断って行けばよかった。小田の心はますます不安になった。

三時間めの授業が始まった。養護の先生からは電話は誰《だれ》も出ないと伝言があった。教室から正門が見える。授業をしながら窓越《まどご》しに正門を気にしていた。

正門脇《わき》には通用門がある。正門は閉まっているが、通用門はいつでも押《お》せば開くようになっている。学校はどんな人でも受け入れるようになっているのだ。

通用門が開いた。

ジョアンだ。

小走りにやってくる。背中のランドセルが左右に揺《ゆ》れている。ふたが開いているのでヒラヒラとまるで鳥が飛んでいるようにさらに大きく左右に揺れている。教室に入ってきたらなんといってやろうか。小田はうれしくなった。

「……来てくれた……」

教室の後ろのドアが静かに開いた。

「社長！　おはようございます。ただ今ご出勤でございますか？　お席はこちらです。お待ちしておりました」

ジョアンの机に手招きした。

教室中《きょうしつじゅう》がドッと笑いに包まれた。ジョアンはしきりに照れ笑いをしていた。

「社長！　明日は早朝から会議がありますので九時にはご出勤お願いします」

また教室がドッとわいた。

「社長。ただ今は社会の勉強をしておりますのでよろしくお願いいたします」

ヨシフミに職員室と保健室にジョアンが来たことを伝えにいくよう頼《たの》んだ。こういうときにうってつけの子である。

小田《おだ》はうれしくて何度もジョアンに声かけをした。

「社長！　明日の会議は大事な会ですので遅《おく》れないようお願いします。なんならお車をお迎《むか》えに上がらせましょうか？」

「ダイジョウブ」

ジョアンが小さな声で言った。

小田は授業に戻《もど》った。

次の日、ジョアンは一時間めの途中《とちゅう》に来た。

通用門を入ってくるのは見えていた。

今日も静かにゆっくりとドアが開いた。

「社長！　おはようございます」

ひょうきん者のマモルが大声で言った。

「おはようございますッ！」

みんなが声を出した。そしてみんなが笑っていた、ジョアンが笑いながら立っていた。

「社長。月曜日はどうしても社長の決裁がほしいので、一時間めの始まる前においでいただきたいのですが」

小田はもみ手をしながらジョアンに言った。返事はなかったが、ジョアンはニコニコしていた。

小田は不安になった。明日に日曜日が入る、一日緊張《きんちょう》が解けると来週はまた元に戻ってしまうのではないかと……。

月曜日の朝は、全校朝会から始まる。クラスの約束は「五分前行動」だから、八時二十五分には校庭に子どもたちが集まる。小田は校庭にジョアンがいるか不安だった。職員打ち合わせの最中も気が気でならなかった。打ち合わせが終わって小田は職員室から真っ先に校庭に飛び出した。すでに週番の先生の号令に従ってクラスごとに整列し終わっていた。

いたッ！

女子の中でいちばん背が高いのですぐ分かる。ゆっくりとジョアンに近づいていった。

「やればできる。さすがジョアン。明日は朝の会頼《たの》むよ」

照れくさそうにジョアンがうなずいた。

もう大丈夫《だいじょうぶ》だろう。小田《おだ》の不安は確信に変わっていった。


——先日はありがとうございました。先生から言われた通り取り組んでみました。

最初はイライラし、つい言ってしまおうかと何度も咽喉《のど》まで言葉が出かかりましたが、心を鬼《おに》にしてがまんしました。言ったらこわれる。会社に着いてから不安の毎日でした。学校に出かけたものか、家に電話をしても出ないのでまだ寝《ね》ているのではないかとか、仕事が手につかない日が続きました。娘《むすめ》が学校に行ったことの連絡《れんらく》をもらい、安心の日々を過ごしております。

今後まだどのように変化するか分かりませんが、安寧《あんねい》の日々が得られたこと、先生のおかげと感謝しております。これからも娘とわたし共々よろしくお願い申し上げます。

かしこ

これでお母さんは落ち着いたな、今もジョアンは遅刻《ちこく》せずに来ている。それ以来あだ名は、「しゃっちょサン」になった。本人も気に入っている。

明日、遅刻せずに登校してくる保証はない。しかし、念のため小田は欠かさず声かけをする。

「やればできるね。しゃっちょサン。明日も朝から定例会がありますので、八時二十分までにご出社ください」

持続させるために、今、小田《おだ》は別の声かけを探している。

居眠《いねむ》りするトモミ

六時間めのことである。

今日の時間割《じかんわり》は一時間め国語、二時間め算数、三・四時間め図工、五時間め社会、六時間め国語である。週の配当時間の多い国語は、どうしても一日に二時間やらなければならない日がある。その六時間めのことであった。

教科書の物語文《ものがたりぶん》の第三段落を読み進めて、感動した部分に線を引くという授業をしていた。子どもたちは真剣《しんけん》に教科書を読み、線を引いている。身じろぎもせずに線を引いている。

今までに、みんなが集中すれば友達が息をしている音だって聞こえるということを子どもたちに体感させてきた。だから、遠くでパトカーがサイレンを鳴らして走り去る音や、校庭で体育をしている子どもたちの声もはっきり聞こえる、子どもたちは咳《せき》ばらいひとつたてない。

小田《おだ》も音を立てないようにして机間巡視《きかんじゅんし》を始めた。

真ん中の列の後ろの方で、ゆらーっゆらーっと左右に揺《ゆ》れる子がいる。ゆらーっと左に傾《かたむ》くとハッと止まる。一瞬《いっしゅん》目覚めると真《ま》っ直《す》ぐになる、かわいい目がちょっと開くのだが、今度は反対側に傾き、また戻《もど》る。一生懸命《いっしょうけんめい》起きようと努力しているのだが、起きられない。小田はジーッと見つめていた。

そのうち周りの子どもたちも気がついた。小田の方を見て笑っている。小田は人差し指を口に当てた。子どもたちもクスクス笑っているが起こさない。

ゆったりとした時間が流れた。

居眠《いねむ》りをしているのはトモミである。

トモミは三年生のときに転校してきた。ポニーテールをした小柄《こがら》なかわいい子である。将来は体操の選手になるために毎朝、毎夕、体操クラブで練習にはげんでいる。早朝に練習し、放課後真っすぐにクラブの体育館に行く。土曜も日曜も練習である。お父さんはオリンピックでメダルをとった選手だった。血筋を引いたのかトモミも運動神経がよい。ただ、肉がつきやすいタイプなので、体操クラブからは相当きつくコントロールするよう厳命されている。オリンピックを目指したクラスに入っているからだ。

体育の時間でも、逆立ちや側転などみんなの前で披露《ひろう》してもらうことがあった。あたりまえだが、美しい動きでみんなのお手本になっている。小田もほれぼれする動きだ。さすが一流に近づく才能をもっている子は、小さい頃《ころ》からその光を輝《かがや》かせている。そして、その朝から晩までの鍛錬《たんれん》はさらにその輝きにつやを増している。毎日の生活はハードスケジュールだが絶対に宿題は忘れない。たぶん家では眠《ねむ》い目をこすりながらやっているに違《ちが》いない。両親がしっかりしているので本分はきちんとさせているのだろう。

体操は激しい動きをする。床運動《ゆかうんどう》などは、床がスプリング状態《じょうたい》になっているので、着地したりするときの衝撃《しょうげき》をやわらげてくれているとはいえ、高いところから着地して体を支えるのだから、相当な荷重《かじゅう》がかかることは想像にかたくない。よくもあんなに高く飛び上がれると感心する。これなら走《はし》り高跳《たかと》びの高いバーを飛《と》び越《こ》すことさえできるのではないかとも思う。背面跳びが主流になったように、いつか回転跳びがはやるのではないだろうか。ロンダードからバック転をして宙に舞《ま》い上《あ》がる。そしてバーを飛び越える。世界のスポーツの歴史も変わるのではないだろうか。背面跳びは今でこそ正当派になっているが、当初はうまく跳べない選手がやってみたら高く跳べたのが主流になったものだといわれている。

ひょっとしたら、ロンダードからバック転での跳び方が主流になるかもしれない。トモミのきれいなきびきびしたロンダードを見るとそう思ってしまうのである。

船をこぐのはまだ続いている。

本当に眠そうだ。起こすまい。でも、船をこぎすぎて椅子《いす》から転げ落ちなければ……。小田《おだ》はトモミのそばにそっと近づいていった。隣《となり》のメグミはまじめなので、小田が近づいたことをトモミに教えてあげようとして手を伸《の》ばした。小田はその手を止めて、両手を合わせてほおのところにもっていき、眠らせてあげる仕草をした。メグミは手を引っこめた。シーンとなりすぎたのか、グラッと船をこいだ拍子《ひょうし》にトモミが目を開けた。クスクス笑いから教室中《きょうしつじゅう》が大笑いになった。トモミは顔を赤くして照れ笑いをしていた。

「眠いときは、がまんしないでガバッと寝《ね》ていいよ、誰《だれ》も起こさないから。もっと眠っていたらよかったのに。みんなふだんと違って急に静かにするから、起きちゃうんだよ」

トモミが起きてしまったのが、みんなのしわざといわんばかりなので、また笑いが起こった。

二週間前の給食の時間のことである。さすがトモミは養成コースに入っているだけに自己管理もしっかりしている。配られるパンは半分にし、おかずも少なめ、牛乳は必ず全部は飲《の》み干《ほ》さない。量が少ないのでみんなより早く食べ終わってしまう。手持ちぶさたに、周りの友達の食事をじーっと見つめている。ふびんでならなかった。

「おなか、空いているんだろう？　もうちょっと食べたら？」

「太ったらダメなの。クラス落とされるから」

オリンピック選手を輩出《はいしゅつ》するこの体操クラブは、練習の厳しさに加え食事の管理も厳しかった。だから、苦しい練習に耐《た》え、厳しい節制を自らに課しトップクラスを維持《いじ》してきた。本来なら、一流選手になるための本人の努力をバックアップしてあげなければならない立場《たちば》にあったのに、小田《おだ》はじーっと友達の食べる様子をうらやましそうに見ているトモミがふびんで、食べることをすすめてしまった。最初はかたくなにこばんでいたトモミも、欲望に負け一口入れてしまった。その後は、すすめられるままに口にほおばり食欲を満たしていった。あどけない小学生がなんでそんながまんをしなければならないのか、もっと自由に生き生きと生活させるべきであると思う小田の心をも満足させた。

おかわりをすすめた結果はすぐに表れた。

二週間後には体重オーバーになり、選抜《せんばつ》コースから次のクラスへと格下げになった。

そのことを母親から聞いたのは保護者会の日であった。

「選抜コースから、育成コースになってしまいました。本人の努力が足りないからです」

おだやかで気品のあるお母さんが言うのだから小田にはズシンとこたえた。ご両親もこの子の才能に期待し、側面からのバックアップもしていたのだろう。瞬時《しゅんじ》のうちにこわしてしまった。小田には心に引っかかるものが残った。一度クラスが落ちるとはいあがることは並たいていのことではいかない。技で落ちたのならともかく、体重オーバーであればセルフコントロールができない者として大きなペナルティが課せられる。

たとえ、上のクラスに上がっても、また同じことをくりかえすのではないかという心配があるので、そう簡単には上のクラスに上げないのだと指導者から聞いた。小田はますます取り返しのつかないことをしてしまったと感じた。

しかし、トモミのうらめしそうな顔を見ると給食を制限させることはせず、心ゆくまで食べさせるようにした。

トモミは着実にふっくらとしてきた。

そうなってもトモミは早朝練習で体操クラブに通い、授業が終わっての夕方の練習にも毎日通った。

満ち足りた給食のせいか、五・六時間めの授業でコックリコックリと船をこぐのが激しくなった。左右に揺《ゆ》れ始めたら授業も静かにしてやる、周りの子はトモミを起こそうとすることもなく日々がたんたんと進んだ。

「ちょっとは遠慮《えんりょ》したら。……おかわりなしだ」

突然《とつぜん》の小田の態度にトモミは立ちすくんだ。食事制限という地獄《じごく》の中で出会った仏様のような小田の急な変わりように、クラスの子どもたちはびっくりしていたがトモミは分かっていた。

すごすごと座席に戻《もど》るトモミを見ながら、小田《おだ》は悲しみをこらえていた。

極限までしぼっていた体は、気のゆるみでふっくらさせると簡単に元に戻らない。トモミは練習するクラスが上がることなく日々が過ぎた。技が伸《の》びないとか、ケガをしやすいというのは許せても体重が増えてしまうのは、世界をねらうこのクラブではいちばんきらうことなのであった。精神的な弱さがあると見るからだ。だから、体重がリミット内に入ってもクラスを上げてくれることはなかった。朝・夕の練習には欠かさず出席し、授業では相変わらず船をこぐ日々が続いた。性格のよいトモミは友達からきらわれもせず、かといって中心人物になるでもなく過ごしていた。オリンピック選抜《せんばつ》コースから外された、いや外させてしまった小田としてはなんとしてもトモミの活躍《かつやく》する場を作ってやりたいという思いが日々続いた。

この学校は秋が運動会である。その昔は春に小運動会があり、秋に大運動会があった。昔は、年に運動会が二回あるというのは、どこの学校でも行われていた。春と秋での半年間の子どもの成長は大きい、たくましく美しく成長するのである。その変化を見るだけでも、学校と保護者の関連は強まった。そのうちに小運動会はなくなり、大運動会だけが残った。運動会を春に実施《じっし》するか秋に実施するかは学校で決めるが、現在では春の実施が多くなってきている。

運動会といえば秋の季語といわれたが、音楽会、学芸会、展覧会、運動会など全校挙げてのイベントは各学期に一つだけとしている学校がある。これは、すべてを実施していると準備・練習・本番・片付けなどをふくめて相当の時間がとられ、勉強どころでなくなるからだという発想からである。小田はこの考え方には真っ向から異を唱えている。子どもの表現力・体力は一年間で大きな差異があり、その節目節目で発表の場を作ってやることが大事である。教育は子どもの立場《たちば》に立って考えるべきで、大人の論理で押《お》し通《とお》してはいけないと考えている。だから、学期に一度だけ大きな行事を実施するからといって、運動会を春にもってくるのはあくまでも大人の論理であり、入学したての一年生が幼稚園《ようちえん》とは違《ちが》う動きで運動をしたり、体位・体力も伸びていない六年生がたくましい動きをするとは思えない。昔の人はしっかりとふまえていたのだろう。夏休みを過ぎると子どもたちは体位も体力も一回り大きく成長する。だからこそ秋の実施に意味がある。六年生らしさ、一年生らしさの発揮ができる。

学期末の成績評価のときにそれを感じることが多かった。この子は今学期、国語や算数が伸びたなあと思うと、音楽や図工の評定も上がっている。担任ではない専科の先生が一教科を評定するのだからリンクしているなどということは知らない。通知表をつけ終えるとそう感じるのである。ほめて子どもを伸ばすこと、これは育てることの極意《ごくい》であると感じるのである。

二学期に入ってすぐ、運動会の準備が始まった。とはいえ、先生たちは、もうすでに夏休み中から徒競走・演技・団体の三種目については、あらかたイメージを作っている。九月は細かいところのつめだけになる。この学年は百メートル走・団体競技・表現の三種目が与《あた》えられている。高学年ではこのほかに、応援《おうえん》合戦のリーダーなど各係の奉仕的《ほうしてき》活動が加わる。子どもたちがやれる中での奉仕的活動は大事なことだ。この活動を通して高学年であることの自覚がいっそう増してくる。

学年内ではそれぞれ種目の担当を分担する。百メートル走と表現を小田《おだ》が担当し、団体競技の企画《きかく》を新山《にいやま》先生が担当することにした。学校によっては高学年の表現は毎年同じ演技をするところもある。それが学校の伝統となっているところもある。この学校もそうで、高学年は「組み体操」という伝統がある。指導者の笛の合図《あいず》でピラミッドを作ったり、倒立《とうりつ》をしたり、扇《おうぎ》を作ったりして、美しさとたくましさを表現するものである。内容が毎年同じということはなく、指導者の創意工夫で変わる。子どもたちの実態が毎年違《ちが》うからである。

小田は一計を案じた。トモミの活躍《かつやく》の場だ。

トモミが美しく跳躍《ちょうやく》する姿を入れてみよう。演技のどこかにトモミの技が入るようにとストーリーを考えた。ほかの学年の子どもたちや保護者にアピールできるド派手な演出を考えた。

小田の知っている体操用語で体操らしいのは、「脚前挙《きゃくぜんきょ》」「ロンダード」「バック転」「十字懸《けん》垂《すい》」。体操ならではの用語・技である。よく、アナウンサーが競技の実況《じっきょう》で、「ロンダードからバック転……」と言っているのを聞くことがあった。美しい選手が見事に宙返りをする姿はほれぼれする。誰《だれ》もがやれるものではない。トモミは難《なん》なくこなすことができる。

「……そうだ、四段のピラミッドの上を飛《と》び越《こ》えさせよう」

ピンクのレオタード姿のトモミがゆっくりと舞《ま》いながら、ピラミッドの上を飛び越え着地しているシーンがスローモーションのように目に映った。

万雷《ばんらい》の拍手《はくしゅ》を受け、トモミが照れた顔をしているところで小田は目が覚めた……。

運動会のために、どこの学校も特別時間割《じかんわり》を組む。

いよいよ練習が始まった。最初は体育館で部分練習をする。ピラミッドは体格のよい子たちが最下段になり、体重の軽い子が上の方にあがる。

扇は背の高い子が真ん中になり五人組となる。隊形移動はすぐできる。まず形作りである。

「イテテテ。骨にくいこむう……。肉がちぎれるうヨ」

「ガマンだガマン。そこをガマンするんだ。そうすれば、また一回り強くなる」

子どもたちは歯を食いしばってガマンしている。

「声を出すと力が抜《ぬ》けるゾ」

一段、二段と組み上がっていく、三段め。四段めを組み上げる頃《ころ》には、いちばん下の段の土台になっている子どもの顔が紅潮してくる。

「あと一人だ、がんばれ。ふんばれ」

必ずどこかの段が崩《くず》れ失敗している。一休みさせてからまた組み直す。

「肩《かた》をつけあい、両手は肩はばよりちょっと広め、腰を落としてしりを上げるようにするんだ。声を出さずにふみとどまる」

要領を教えていくうちに崩れずに立つようになった。

トモミが飛《と》び越《こ》える予定の中央のピラミッドには、肉付きのよいジュンイチロウを真ん中にすえていた。しかし、両サイドに少しずつ体格の小さい者を配置していたのがよくなかった。バランスを崩してたおれてしまう。トモミがこのピラミッドを飛び越えるには、確実にピラミッドが立っていなくてはならない。外側に崩れては、トモミが着地するときに危険この上ない。何度も崩れる様子に小田《おだ》は悩《なや》んだ。

計画に無理があったか、トモミの活躍《かつやく》の場ということを考えたが、小田の個人的な強い思いで子どもたちに無理じいをしているのではないか……。外側に崩れたら、トモミが着地するときに友達の体をふんだりしてしまう危険がある。トモミも下になる子どもも危ない。

ピラミッドの練習と並行してトモミも跳《と》ぶ練習をさせた。体育館にロングマットをしき、ロンダードからバック転をし、ふみきってから着地までの距離《きょり》はどのくらいになるか、跳ぶたびに計測した。高さも、飛び越す距離もふみきりの位置も何度も測った。何度計測してもふみきりの位置は五センチと違《ちが》わない。飛び越して着地したあとに片足が前方にふみだすことはあってもほとんど同じところに着地する。

『ロンダードから伸身《しんしん》の後方宙返り……』

オリンピックの体操競技を目の前で見ているようでほれぼれと見とれていた。

そして、子どもたちを体育館の真ん中に集めてトモミの跳ぶ姿を見ることにした。

トモミは素足《すあし》である。

体育館のはしの入口付近からスタートした。ロングマットに入ってスピードを上げた。ロンダードに入った、側転もきれい、そして、速い回転のバック転。ふみきりも寸分たがわず大きな弧《こ》を描《えが》いて伸身のバック転になった。速い一回転だ。小田が夢に見たトモミのピンクのレオタード姿が大きな弧を描いて舞《ま》い上《あ》がる。そして、伸《の》びきった体がきれいに着地した。まるでスローモーションを見ているような感覚さえあった。半歩ほど片足が前方に動いたが、両手を広げきれいに止まった。小田は思っていた通りの跳びに手をたたいた。

あまりの一瞬《いっしゅん》のことに感心してぼうぜんと見ていた子どもたちから一斉《いっせい》に拍手《はくしゅ》がわいた。まぎれもなく素直《すなお》な感動の拍手であった。トモミは恥《は》ずかしそうにペコリと頭を下げた。

『絶対成功させる！』

小田は心に誓《ちか》った。

子どもたちに向かって小田《おだ》は言った、

「トモミがこうやってきれいに飛《と》び越《こ》えるだけじゃなくて、この跳《と》んでいる真下にジュンイチロウたちのピラミッドがある。そして見事に飛び越える。すばらしいねえー」

「エーっ」

子どもたちから間髪《かんはつ》を入れずに声が上がった。

「ぶつかっちゃうよ」

「危ないよ」

素直《すなお》な意見だ。

「そう、ぶつかったら危ないよな。ヨシフミの言う通りだ、その通り。そうならないためには、危ないと思われるところを全部取り除いて、あたりまえのようにやることだ」

言いながら小田は体育館のギャラリーの窓を見た。空は夏のニョキニョキとしている雲から、ほうきで掃《は》いたようなうすい雲に変わってきていた。秋晴れの校庭で万国旗《ばんこくき》のもと、トモミがきれいにピラミッドを飛び越え会場から万雷《ばんらい》の拍手《はくしゅ》を受けているシーンが見えた。

「絶対に大丈夫《だいじょうぶ》というくらいに練習しヨ。できるのがあたりまえのようにやろ。練習だ。成功したらすごい拍手が来るゾ」

子どもたちの目が輝《かがや》いた。体育館のあちこちに散らばって部分練習が始まった。さっきより意欲的である。

二人組の倒立《とうりつ》でいつも失敗していた子たちが成功したと言ってきた。小田は目の前でやらせてみた。できた。すぐにみんなを集めた。

「ずーッと失敗していたマサヒロが今日できた、見てあげて」

マサヒロが逆立ちを、シンタロウが支え役で向かい合って始まった。けりが弱い……。

案の定、シンタロウが伸《の》ばした手までに足は届かず、マサヒロの足は落ちていった。

「……」

「ガンバレ！」

「ガンバレ！」

の声が子どもたちからわきあがり大合唱となった。マサヒロの顔が紅潮している。小田はマサヒロの耳元に、

「ふんばる。思いきりける。あきらめない。もう一度。『気合いだ』。あとはシンタロウが足をつかまえてくれる」

マサヒロが構える。

シーンとなった。マサヒロが両手をついた。いつもニコニコしている顔が真剣味《しんけんみ》を帯びてき

た。腰を下げ、床《ゆか》をけった。シンタロウが手を伸《の》ばした。マサヒロの右足だけがつかまえられた。太っているマサヒロの足を片足持つだけでも大変だ。もう一方の足が落ちようとしたとき、小田《おだ》が助《すけ》っ人《と》に入った。左足を持った。確かに重い。シンタロウがその足を持った。形にはなった。また拍手《はくしゅ》が起こった。

「やったね！　もうちょいだった」

「もう一回」

マサヒロが言った。

真剣《しんけん》な顔つきでシンタロウの足元を見つめている。けり上げた足を胸で持つようにかかえた。崩《くず》れると思った瞬間《しゅんかん》、バランスをとり直して立った。静止している。

「やったあー」

「できたあー」

大きな拍手が起こった。３の拍手だ。

小田のクラスは人の意見や行動をたたえるときに、拍手を三段階に分けている。

１の拍手……がんばったね。

２の拍手……よくがんばったね。

３の拍手……すばらしいね。

共感することを素直《すなお》に表現させたいからだ。人につられてなおざりな意思表示をさせないためというのが一つの理由と、二つめは意思表示するためには、その場をよく見て相手の言葉を聞いていなければならないからだ。子どもたちに集中力がつくと信じて、どのクラスを受けもっても実践《じっせん》している。きっかけは他校の学級会を参観したとき、子どもたちがつられて拍手をしたり、ななめに拍手をしていたりするのを見たからである。もっと真剣に心から拍手をさせなければならないと思ったからだ。

トモミが着地したあとの拍手は3の拍手であった。シンタロウとマサヒロの組み立て倒立《とうりつ》のあとも「3の拍手」であった。

小田は子どもたちの組み体操の演技が軌道《きどう》に乗ったことを感じてきていた。部分練習も子どもたちの支え合い、助け合い、教え合いが白熱化してきた。

この組み体操を通して子どもたちをどう伸ばしてやるか、人間だから得手不得手がある。その子の特性をつかまえてグイッと力を伸ばしてやる。得手でない子は努力を認め、ほかの場所で力を発揮させるようにする。

得手（得意）な力をつまんであげる、風呂敷《ふろしき》の真ん中をつまむとその周りも一緒《いっしょ》にあがってくる。一つの力が伸びると周りの力も一緒に伸びる。小田はこのことを勝手に「風呂敷理論」と名付けて保護者会などで親に話してきた。できないことをできるようにするには無理じいすることより、よいところをほめてさらに伸《の》ばすことのほうが、子どもにも伸びの実感があっていい。そうすればほかの力も伸びてくる。

徐々《じょじょ》に運動会が近づいてきた。どの学年も総仕上げの段階にきて、学校全体がピリピリしている。先生たちの声も号令も頭のてっぺんからひびいてくるようになる。言葉がきたなくなって管理職から注意されることもあるが、この激しい言葉で子どもたちの注意力や緊張感《きんちょうかん》が高まったりすることもある。

ピラミッドはいちばん下の段の両サイドに体力のある子ども二人をすえたことで安定し、常にピラミッドは立ち上がった。

立ち上がると笛の合図《あいず》で全員が顔を上げ同じ方向を見る。これがそろっているとまた感じが違《ちが》う。

これもクリアーした。安心して見ていられる。

いよいよ崩《くず》す段取りだ。ほかのピラミッドはともかく、ジュンイチロウの組のピラミッドだけは外側に崩れさせてはいけない。内側に内側にたおれるよう練習させた。ほとんど同時に同じ重なりで崩れることができるようになった。それまで必ず出していたうめき声や叫《さけ》び声《ごえ》が、歓喜《かんき》の声に変わっていった。

トモミの技と合体させなければならない、あまりやりすぎると慢心《まんしん》から集中力を欠くようなことになりかねない。跳《と》ぶタイミングもあるしピラミッドを崩すタイミングもある。計算上はトモミの跳ぶ距離《きょり》・高さは十分である。ピラミッドを崩すタイミングを指示する小田《おだ》に責任がかかってきた。

……みんながいつもの通り、あたりまえのようにやってくれれば問題ないんだが……。

小田は、子どもたちに集中力だけでなく忍耐力《にんたいりょく》もついてきたことを感じた。この活動を通して伸ばそうとしている目標が達成されるような気がした。

「最高学年の晴れ舞台《ぶたい》だ。この演技は一年生では残念ながらできない。お前たちだからできるのさ、みんなで努力してきたからほとんど完成している。すばらしい。最後の仕上げだ。トモミがピラミッドの上を飛《と》び越《こ》える。成功したら観客席から大拍手《だいはくしゅ》だろうね」

子どもたちから「えーっ！」という声とともに顔がこわばるのがみてとれた。

「今日、初めての合同練習をする」

子どもたちから気合いの声がもれた。体育館にあるすべてのマットをしきつめた。ロングマットを二列に平行にしいた。子どもたちは仕事を手伝いながらなんで平行に並べるのかといぶかしげであった。新山《にいやま》先生にはちょっと遠くの真横に立ってもらい、トモミの跳ぶのとピラミッドが崩れるのを重ねて見てもらうよう頼《たの》んだ。

準備完了《かんりょう》。

あとは小田《おだ》のタイミングの指示だけである。

ピラミッドを組み始めた。安定している。安心して見ていられる。全員が顔を左右上下にふり終えた。トモミが助走を始めた。小田はピラミッドの近くで待機していた。ロンダードに入り、一回めのバック転から二回めに入った。

「ハイッ」

小田の声が飛んだ。

ピラミッドは一瞬《いっしゅん》のうちに崩《くず》れた。崩れたまま動かない。十五人の子どもたちは微動《びどう》だにしない。

トモミはロンダードからバック転できれいに弧《こ》を描《えが》いて着地した。

「ここから見ている限りでは、ピラミッドにはかすりもしなかったみたいよ。着地点もケンタロウにはさわらなかったみたい」

真横から見ていた新山《にいやま》先生が言った。

「よし！　本番やるゾ」

子どもたちの目に輝《かがや》きが増した。まさにピラミッドを飛《と》び越《こ》える本番になった。子どもたちが気負いながら組んでいく。周りで見ている子どもたちからも声援《せいえん》が飛んだ。

「スタートしたら静かにしろよ」

組み上がって、トモミがスタートした。ポニーテールの髪《かみ》が左右に揺《ゆ》れている。

ロンダード……バック転。

「ハイッ！」

小田の声が飛んだ。トモミの体は伸身《しんしん》できれいに飛び越えた。そして着地した。

ウワー、ヤッター。見ていた子どもたちから3以上の拍手《はくしゅ》が起こった。

約束通り、崩れたピラミッドの子どもたちは微動だにしない。小田は映画のワンシーンを見ているような気がした。夢が本物になった。

笛の合図《あいず》で一段ずつ立ち上がり整列した。

小田は子どもたちに負けないくらいの大きな拍手をした。そして、トモミの方を向いて拍手をした。はにかむようなトモミの顔がかわいらしかった。小田は子どもたちを集めた。

「やったね！　これで全体ができあがった。これでよしじゃないよ。より美しく、よりたくましく、そして一回り大きくなろう」

アジテーターになっている自分にふるえがきていた。

教室に戻《もど》るとトモミが小田のところに来た。

「先生。体育着よりレオタードのほうが動きやすいんですけど……」

「レオタードか……。何色？」

なんで色を聞いたのか不思議だった。

「赤っぽいのです」

目立ちすぎるかな？　とも思ったが、ここはトモミを目立たせる場面、しかも跳《と》びやすいのならなおのこと、

「よし、それでいこう」

小田《おだ》が夢を見ていた段階では、トモミがピンクのレオタードを着て跳んでいたのだが不思議な感じがした。

運動会前日は予行練習の時間が割り当てられている。ほかの学年の先生たちも窓から見ているのが分かる。

トモミは体育着を来てみんなの中で演技をしている。全体は本当に順調に進んでいる。マサヒロも倒立《とうりつ》を成功させた。

扇《おうぎ》の演技が終わり、隊形を変えるために子どもたちが走った。校庭の真ん中に大きなピラミッド、トラックのそばに外側を向いて二段、三段のピラミッドがずらーっと並んだ。

号令の笛を鳴らしていた小田は朝礼台を飛び降りて、校庭真ん中の大きなピラミッドのところへ走った。トモミはすでにスタート地点にいる。

去年とは違《ちが》う組み体操をするということは職員室で話題になっていたので、校舎の窓のあちこちから授業を中断して先生がたが乗りだして見ているのが分かる。

一段めをしっかり組んだ、小田は何も言わない。もう子どもたちは会得しているのだ。二段めが上がる、この土台が大事でここがしっかりしていないと崩《くず》れやすい。三段めが上がる。

「ウッ」声を出した子がいる。上の子のひざが腰の部分にくいこんだらしい。

「声を出すな。ガマン、ガマン。しっかり組め」

小田が初めて声をかけた。

体育着を着て演技をしていたトモミが体育着をぬぎレオタード姿になった。

ピラミッドの首ふりが終わり、トモミがスタートした。きれいなロンダードが近づいてくる、バック転……

「ハイッ！」

ピラミッドが崩れたわずかあとにトモミが飛《と》び越《こ》えていった。着地も見事に決まった。校舎の窓から拍手《はくしゅ》がわいた。小田は自分がほめられたような感じがした。

予行練習は無事終了《しゅうりょう》した、小田は子どもたちを集めて、明日への心構えと今夜体調を崩さないようにしっかり寝《ね》るよう話をした。新山《にいやま》先生は

「とってもよかった。明日が楽しみ」

と子どもたちをほめてくれた。

本当に秋晴れの運動会びよりになった。大きな行事のたびに雨が降り、「雨男」といわれ続けた校長がニコニコしている。朝から子どもたちが太陽に照らされて光《ひか》り輝《かがや》いて見える。この日のために、洗い直した子どもたちの体育着の白さがさらにまぶしい。今日一日、上出来で終わりそうな予感がした。プログラムも順調に進んで午前の部は終わった。

昼食は家族一緒《いっしょ》に校庭や開放された体育館でそれぞれ車座になって食べる。遠目から見るとまるでお花見のにぎわいのようである。中には家族が来られない子どももいる、気の利《き》いたお母さんがその輪の中に入れてくれる場合《ばあい》がほとんどだが、先生たちはひとりぼっちの子どもがいれば、その子を仲間に入れてもらわなくてはならない。誰《だれ》もひとりぼっちになっていないのを確認して、先生がたは昼食になる。その頃《ころ》には、もう食べ終わった幼児が校庭の中に入って走り回る。食べるのをやめて校庭にアナウンスを入れる。

「食事がすんでもトラックの中には入らないでください。まだ食べている人がたくさんいます。ラインも消えてしまいます。外に出てください」

小田《おだ》は飲みこむように昼食を終えると、校庭に飛び出した。今日は、あまりに天気がよくてグランドがかわき、土ぼこりが立ち始めた。水をまくことにした。ふだんならスプリンクラーをまき散らすのだが、テントは立っているし座席もあるので仕方なくバケツを持って校庭に出た。

バケツに水をくんでパッとまき散らす。簡単なようで難しい。さっと弧《こ》を描《えが》いてシャワーのようにまくのには技術がいる。下手にまくと水たまりになってしまう。そうしているうちに食事を終えたお父さんたちが集まってきて、水まきに参加してくれた。教室からもバケツを持ってきてもらい、あっという間に水まきは終わった。小田は感謝の言葉をかけた。校長からの言葉もあった。このことがきっかけでこの学校に「オヤジの会」ができた。

いよいよ午後の部開始だ、午後の部のいちばんは鼓笛《こてき》行進だ。これも高学年の華《はな》の一つだ。鼓笛隊を先頭に入場し、ほかの子がリコーダーを吹きながら分列行進をする。

これも今年は小田が担当し、いつもの年よりこった内容にした。風車の隊形にしたり、四列交差など隊形変化は子どもたちのがんばりで見事にできあがった。子どもたちは、本番に強い。実力以上の力を発揮する。練習に起因するとはいえ、その集中力で見事に実力以上の力が出る。確かに練習のときには厳しい声が飛んだり負荷《ふか》をかけたりする。そして、運動会という非日常の中で力以上の実力を出し、それが「やればできる」という自信となって、ふだんの生活の中で言動が変わるのである。レベルが一段上がるのである。「子どもたちが変わる」、そこに教師の醍醐味《だいごみ》がある。

小田《おだ》はいつこの仕事をやめてもいい、この今の一瞬《いっしゅん》に熱情を注ぐことを信念に教師をやり続けている。だから周りで聞いたらビックリするような叱責《しっせき》の言葉も飛ぶことがある。その子が大人になったとき、社会に迷惑《めいわく》をかけたり自分が社会から疎外《そがい》されるようなことにならないために、今、教えておかなければならないと思うからである。その代わり小さなことにはあまりこだわらないようにしている。子どもたちは小田の叱責の大きさで事の重大性を認識する。どんな大人になってほしいか、どんな大人になるべきか、小田と子どもたちのせめぎ合いなのである。


運動会は本当に順調に進んでいる。

子どもたちがしっかりした歩調で入場してきた。いよいよ組み体操である。

子どもたちのがんばりが朝礼台の上からもよく分かる。一つの演技が決まると校庭のあちこちから拍手《はくしゅ》がわいた。

トモミは体育着を着てみんなの中で演技をしている。マサヒロが倒立《とうりつ》を成功させた。これで自信につながるだろう、お母さんの喜ぶ顔が目にうかぶ。

扇《おうぎ》の演技が終わり、隊形を変えるために子どもたちが走った。校庭の真ん中に大きなピラミッド、トラックのそば、大きな円になるような位置に小さな二段三段のピラミッドが並んだ。

小田は朝礼台を飛び降りて大きなピラミッドのところへ走った。本当ならここでアナウンスが入る予定であった。小田はしゃがんで待った。五秒待っても十秒待ってもアナウンスがない。トモミはすでに体育着をぬぎ、スカーレットピンクのレオタードになってスタートを待っている。テントの中の放送席の方に合図《あいず》を送ったが、タイミングが合わない。こっちの合図に気づいていないのだ。笛を鳴らしながら小さなピラミッドを作り上げた。会場から拍手がわいた。終えた子どもたちが中心を向いて体育座りをした。

「さあ、いくぞ！　集中だ。昨日の通りやれ！　絶対できる」

子どもたちに声をかけた。

ピラミッドができあがり、首をふるのも決まった。一瞬の空白ができた。

アナウンスがない。

小田は待ちきれずトモミの方を見た。スカーレットピンクのレオタードがひときわはえて見えた。

トモミがスタートした。

ロンダードが始まった。

「ピラミッドの上を……」

突然《とつぜん》アナウンスが入った。すでにバック転に入っている。

「はいッ！」

小田《おだ》の声が飛んだ。崩《くず》れ落ちたピラミッドの上をふみきったトモミの体がきれいに回転していった。空の青さにはえてきれいだった。スローモーションに見えた。着地が決まると、

「飛《と》び越《こ》えます。飛び越えましたッ」

のアナウンスが入った。一瞬《いっしゅん》、シーンとなった校庭から割れんばかりの拍手《はくしゅ》が起きた。そして、鳴りやまなかった。

「やったね。すばらしい。よかったよ」

ピラミッドを作った子どもたちともトモミとも目があった。ニッコリしている。いい顔だった。笛でピラミッド役の子どもたちを立ち上がらせると、手をたたきながら小田は朝礼台の方に走った。アナウンスのタイミングがよかったらもっと注目を浴び拍手も多かっただろう。何が起こったのか、一瞬の出来事で見逃《みのが》してしまった人もいたのではないか、残念に思えた。

でも、トモミの活躍《かつやく》の場が十分にできてよかった。

整理運動を終えて子どもたちが本部の前に小さく整列した。四列でかけ足退場が始まった。見届けると小田も通用門に小走りに向かった。本部席からも観客席からも拍手が鳴りやまなかった。小田はその方に会釈《えしゃく》をしながら走った。自分がほめられているような感覚になった。退場門を出たところで、子どもたちみんなとハイタッチをした。手も足もはだしの足も体育着

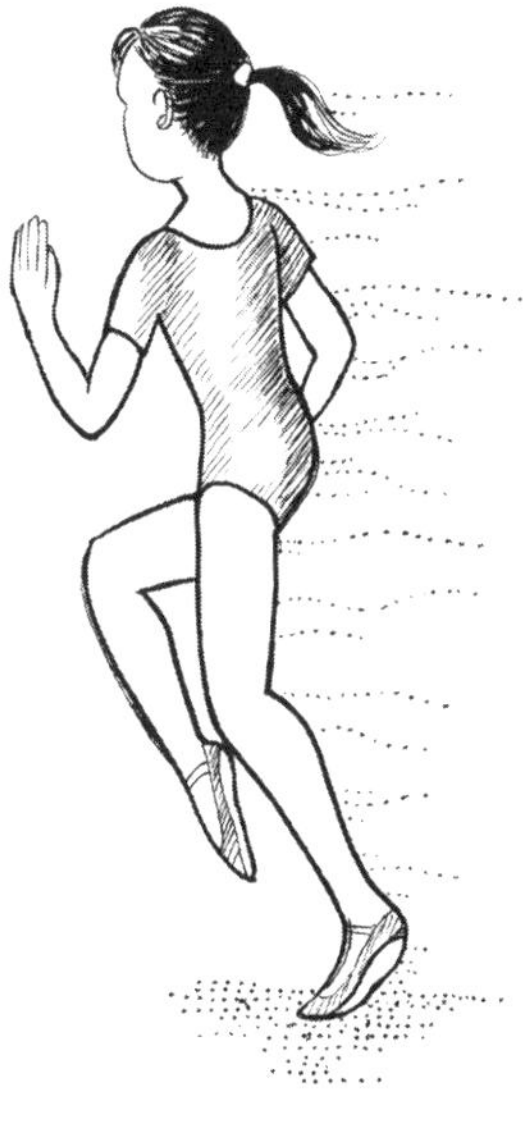

もどろまみれであった。しかし、子どもたちの笑顔《えがお》は充実感《じゅうじつかん》あふれるものであった。
最後にトモミのところへ行った。肩《かた》を抱《だ》きよせてねぎらった。

運動会が終わって一週間……。小田《おだ》も充実感を味わった運動会であった。しかし、いつまでも感傷にひたっているわけにはいかない、学習を前に進めなければならない。子どもたちもやりとげた充実感からか、高学年の言動になってきた。子どもたちは確実に変わってきたと感じた。

クラスは落ち着きを取《と》り戻《もど》し、また集中した静かな学習が展開されていた。静かな調べ学習が進んでいた。

真ん中後ろの方に座っている子の頭が左右に揺《ゆ》れている。
トモミだ……。

ひっこししてきたハジメ

小田《おだ》は常々、子どもたちに基礎《きそ》・基本の学力をつけて卒業させるべきとの信念で教師を続けてきている。隣《となり》のクラスの新山《にいやま》先生とも学年会などを通して考えは一致《いっち》している。

基礎学力とは何か、様々に定義があるがシンプルにいえば、読み・書き・そろばんだと考える。日本では江戸《えど》時代から言い古された言葉である。これ以上に求めるものもないし、これ以下のものもないと思っている。

時代が進み文化が進展してくると、子どもへの要求も高くなってくる。『自ら考える子ども』を育てなさい、『豊かな創造力をもった子ども』を育てなさい、そんな指導法に変えなさいといってくる。

新しい時代には新しい教育方法に取り組まなくてはならないことは、十分に分かっているつもりだ。

これまで教育が文化をリードし、文化が教育を支えてきた。しかし、近年は文化の進展が急激で、かつて必要とされてきた知識の量やものの考え方では文化の進展に役立つ状況になってきていないのだ。

子どもたちが物事をしっかり考えるためには、基がなくては考えられないし、発想だって豊かにはならない。

時代は変わった。が、昔の子どもと今の子どもがどれほど違《ちが》うのか、環境《かんきょう》は変わっても昔の四年生と今の四年生がそれほど大きく違わないと思っている。教える力点は「基礎・基本の学力」でいいと思っている。それ以上は自学・自習をさせればいい。受験する子には、それなりのところに行って学んでくればいい。学校の役割は、子どもたちを集めて集団の中で社会化していくところだと考えている。できる限りかかわりを大事にし、集団での活動を中心にしようと考えている。だから、休み時間や放課後遊び、そして、土・日の家庭や地域での遊びも大事にしたいと考えている。少なくとも自分のクラスや自分の学年は、その方針を貫《つらぬ》いて足並みそろえていきたいと考えている。

隣のクラスの新山先生とも同じ考えで進んでいる。

その新山先生の悩《なや》みの一つがハジメである。

活動的でユーモアがあるのだが、先生の言うことは聞かず、授業中は先生の言うことにチャチャを入れる、冗談《じょうだん》を言って授業をメチャクチャにする。生真面目《きまじめ》な新山《にいやま》先生は扱《あつか》いに苦慮《くりょ》していた。近づこうとすれば離《はな》れるし、離れれば悪さする。ほとほと困《こま》り果《は》てていた。

ある朝、

「そんなにこのクラスを困らせたり騒《さわ》いだりするのなら、小田《おだ》先生のクラスで勉強しなさいッ！」

やりとりが続いたあと、机・椅子《いす》ごと小田の教室に連れてこられた。というよりは、椅子に座ったまま引きずられてきたのだが……。

顔はニコニコしていた。照れているのか本当にうれしいのか……、教室のいちばん前の廊下側《ろうかがわ》で過ごすこととなった。

一時間めの授業では、さすがに少し緊張《きんちょう》したのか、小田の体力に裏付けられた怖《こわ》さを知っているためかおとなしかった。

二時間め、授業に入るところで、小田はこんな話から入った。

「人間はいろいろな考え方や顔かたちをもっていて、全く同じという人は自分以外にいることはない。世界中《せかいじゅう》に自分と似たような顔かたちをした人が七人いるともいわれるけどね。様々な意見や様々な顔、様々なひふの色、みんなそれぞれに特長があって、それらはすぐに変えられ

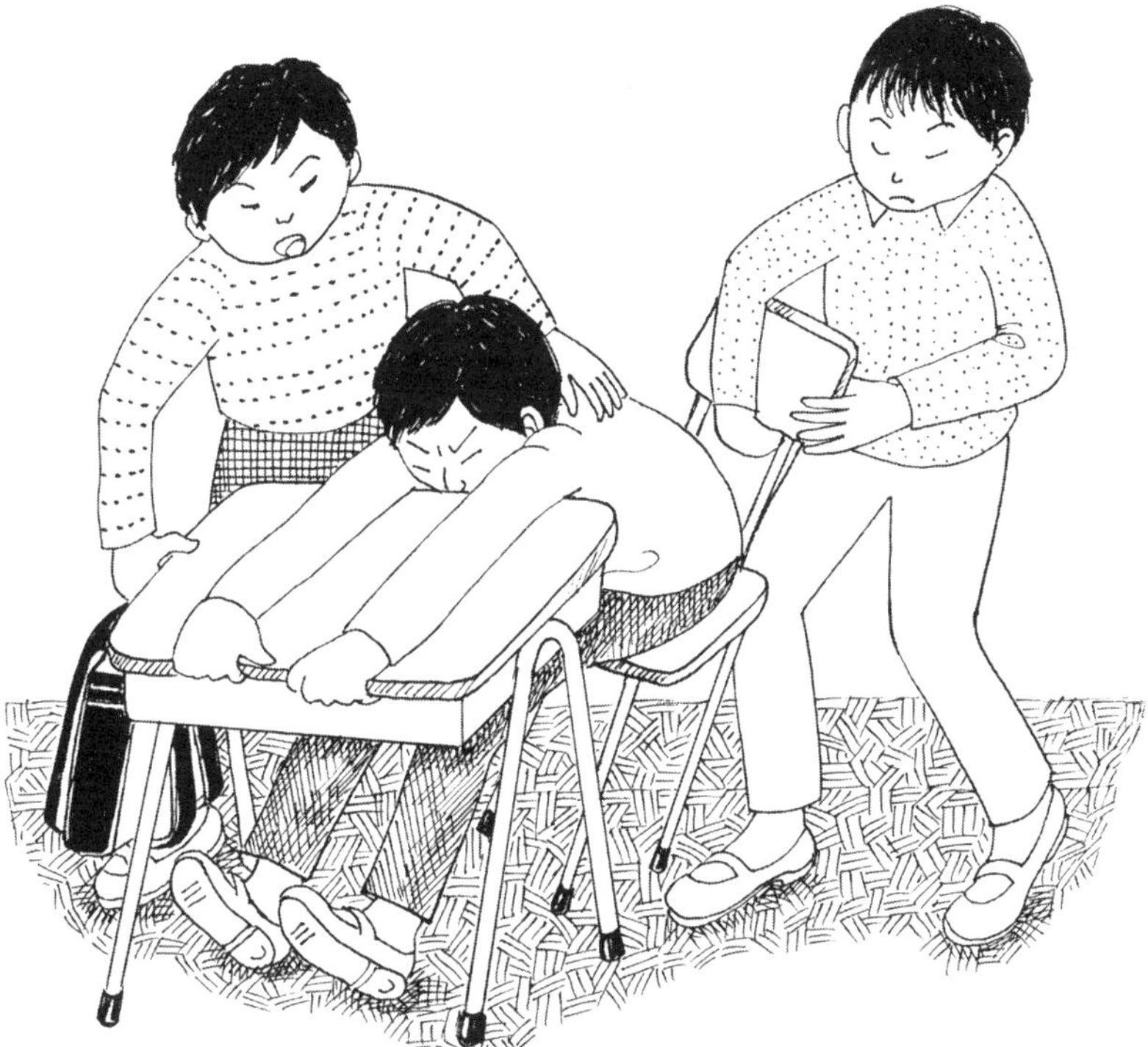

るもんじゃない。だから、ほかの人の言っていることや、やっていることを、まず認めてやることから始めなくてはならないんだ」

小田《おだ》は、昨日の人権尊重教育研修会で得た知識を、さも自分のもののようにして語っていた。二時間めの授業予定とはおよそかけ離《はな》れている。

……また、やっちまった。

話を進めながら、小田は内心どうやって授業に結びつけようかと考えていた。

「ところでみんな。南極って知っているよな。日本の観測隊が行っているメチャクチャ寒いところだ」

子どもたちは、小田の脱線《だっせん》授業がまた始まったと聞き入っている。授業をやっているよりは楽しいし、時にはためになる話もある。

「何万キロと離れたところだから電話もつながらない。届くといったら電報だけ……。ある日、南極の越冬隊《えっとうたい》に行っているご主人に奥《おく》さんが電報を打つことを許された。ただし、遠いし、電報代も高いし、電報を出したい奥さんたちはいっぱいいる。そこで、一人三文字までと決められてしまった。どんな言葉だと思う?」

突然《とつぜん》の話に子どもたちは脱線がすぎるんじゃないかと思いながら聞いていた。そこへ突然質問されたので、ほとんどの子どもが戸惑《とまど》った。

「……？」

子どもたちは考え始めた。

「先生三文字しかいけないの？」

「だからそう言ったろが。そんな大きな耳して何聞いてるんじゃ」

「……」

ちらほらと手が挙がり始めた。

小田はじっと待って教室を見回した。

ハジメはまだ手が挙がらない。

半分以上の子の手が挙がったところで小田はメグミを指した。

「ゲンキ？」

「はい、ありがと。同じことを考えた人」

同じ考えの子の手が下がった。ヤスオの手がまだ挙がっている。ヤスオを指名した。

「ヘイワ？」

クラス中《じゅう》が笑い声になった。

「ヤスオは南極は平和か、戦争は起きていないか心配でたずねたんだよなあ。いいじゃないか、それも電報」

「……」

なかなか次が出てこない。

「……」

子どもたちは一生懸命《いっしょうけんめい》に考えている。とにかく三文字の言葉を探している。

「……めんこ」

「……きんこ。意味が分からないなあ」

「……きつね」

「三文字ならば何でもいいッちゅうことではないよ」

小田《おだ》も気に入った答えが出るまで待っている。三文字の言葉を探すので教室がざわついた。

「……アナタ」

誰《だれ》かがポツリといった。

教室中《きょうしつじゅう》のざわつきが収まったところだったので、余計《よけい》にはっきり聞こえた。

みんなも声の方を向いている。

ハジメだった。

昨日、職員室で夜まで残っていた先生たちに聞いたところ、全員が「ゲンキ?」であった。

小田が研修会の中で聞いた話も「ゲンキ？」がいちばん多くて、「スキヨ」だとか「オキテ」だとかがわずかにあったといわれていた。その最後に「アナタ」があったのだ。それを聞いたとき、小田は感動を覚えた。もちろん、小田も「ゲンキ？」の仲間であった。

「おう、ハジメ。何と言った？」

「……アナタ」

教室中にざわめきが起こった。

「うーん、やるねえ、すばらしい。万感の思いが入っているよ。なかなかの答えだ」

みんなの顔もうなずいている。

「ハジメ。おまえの心はすばらしい。もう、このクラスにいなくとも自分のクラスに戻《もど》っていい。大丈夫《だいじょうぶ》だ。それだけの心をもって考えができるなら問題ない」

四時間めは算数の時間であった。

「今日は計算を解いてもらう、48×32はいくらになるかだ」

「エー」

「またすぐ『エー』っちゅう声を出す、悪いくせだ」

「なんでそんな計算しなければならないの？」

「いい質問だな。先生も小学生の頃《ころ》算数が苦手でな、なんでこんな計算をしなければならないかと思ったことがある。これを五〇問ずーっとやらされるんだ。涙《なみだ》出てくる」

「エーッ」

「また、エーか」

「たまには『ビー』とか『シー』と言ったらどうだ」

「同じエーでも、いやだの『エーッ』とビックリの『エーッ』があるんだな」

小田《おだ》の話はどんどん脱線《だっせん》していく。いつも子どもたちが元に戻《もど》してくれる。

「あー、そうだった。計算の話だな」

「これをすぐに解ける人は暗算の達人か、そろばんをやっている人かもしれない。計算機を持ってくれれば、あっという間に答えは出る。先生もすぐには答えが出ないわ。筆算をすれば、答えは出るかもしれないね。でも、紙も鉛筆《えんぴつ》も持っていなかったらやれないもんね。今の時代、スーパーへ行って買い物しても、レジへ品物持っていったら、機械がすべて計算してくれる、なーんも計算しなくても買い物はすんでしまう。昔はレジに計算機なんてなかったから、そろばんなんかでお店の人が計算してくれたんだが、まちがえることもあった。だから、買う人も計算をしないと、多く払《はら》ってしまうこともあった。多く払ってもいいかい」

「そりゃいやだよ」

「そうだろ。だから、ちょっと細かい計算もできなきゃならないのさ」

「でも、今はレジで計算をやってくれるから計算しなくてもいいじゃない」

「そう、一つは生活のために計算できたほうがいい、もう一つは、頭のトレーニングのためなんだよ。脳ミソは使えば使う程よくなるといわれているんだ。こんな面倒《めんどう》くさい計算をするのは脳をきたえるためさ」

子どもたちはへんに納得《なっとく》したように授業の中に入っていった。

その日一日、給食もふくめてハジメは4の2にいた。授業はハジメを中心に指名した。それでもまじめに答えていた。


六時間めの授業が終わった。小田は帰りの会で、ハジメとのお別れ会をすることにした。機知にとんだハジメは、

「何を言えばいいの?」

と言いながらも黒板の前に出てきた。

「皆さんとはたった一日の出会いでしたが、ボクは転校していきます」

教室中《きょうしつじゅう》が笑いのうずに包まれた。

「皆さんよくしてくれてありがとう。ボクを忘れないでください」

なかなかやるのう。小田《おだ》はハジメがまた好きになった。

「みんなでお別れの歌を歌ってあげよう」

小田が切り出した、

「ハッピーバースデイの歌だ」

「エーッ」

子どもたちが、なんで誕生日の歌を歌うのか不思議がった。

「今日はハジメが転級してきて、生まれ変わった誕生日。ハッピーバースデイでもおかしくないだろう」

「そうだね」

大合唱が始まった。こんなときには必ずマサミツが出てくる。みんなの前で指揮を始め、ハジメの方にギョロ目をむいて茶化している。

隣《となり》のクラスからお迎《むか》えが来た。みんなが手をふった、マサミツがドア越《ご》しに廊下《ろうか》に向けて大声で言った。

「帰ってくんなよー」

小田もそう思った。

卒業にむけて

教師にとって一年は子どもとの思い出がつまっており、何回卒業生をもってもそのつど感慨《かんがい》が違《ちが》う。涙《なみだ》が出るほど感情がこみあげ、卒業証書をわたさず、あと一年この子どもたちと一緒《いっしょ》に過ごしたいと思うことさえある。

よい子どもたちにめぐまれた小田《おだ》は、できうることならこの子どもたちとせめてあと一年は過ごしたいと感じていた。

卒業式を心に残るものにしてあげたいと教師は様々に工夫する。十一月頃《ごろ》には卒業アルバムの写真撮影《さつえい》や卒業文集作りが始まる。この年齢《ねんれい》ならではの唯一《ゆいいつ》の記念であり、十年後、二十年後にふりかえったときに成長のあかしとして、子どもたちと相談しながら作り上げていく。

五ヶ月も前から準備を始めるので、子どもたちにはまだ卒業していくという感傷的なものは生まれていない。なぜそんなに早く作り始めるかといえば、早ければ早いほどアルバムや文集の値段が安くなり保護者の負担が軽くなるからである。他人の財布《さいふ》の心配までして配慮《はいりょ》する心づかいはほかの職業にはなかなかない。

その日は記念写真を撮《と》る日になっていた。小田には心配事があった。三日前からヨウスケが熱を出して学校を休んでいた。熱さえ下がればなんとか連れていきますと、昨夜の小田からの電話にお母さんは答えていた。集合写真の右上にはめこみで写っているのはかわいそうだと小田は心配している。

始業前には写真屋さんが来て校庭に椅子《いす》を並べている。職員室での朝の打ち合わせが終わり、全職員が校庭に集まるよう小田はせかした。

座る位置は校長先生・教頭先生を真ん中に、その学年にかかわりの多かった先生たちが最前列、二列め以降は自由である。おおよそ写真を撮れる態勢《たいせい》ができた。

「小田さん、靴《くつ》は？」

上総《かずさ》先生が叫《さけ》んだ。

しまった。朝、背広とネクタイは藍子《あいこ》先生にしっかりそろえてもらって安心していた。ヨウスケのことが気になっていて、いつもの運動靴を履《は》いてきてしまった。担任だから校長先生の隣《となり》で最前列ときている。かくすこともできない。みんなが笑っている。

「サイズいくつ？」

声が飛んだ。

同じサイズの後列の先生が声をかけてくれた。後列なら履《は》いている靴《くつ》は写らない。慣《な》れない靴は違和感《いわかん》があって履きづらいが、文句を言える立場《たちば》にない。ありがたく拝借《はいしゃく》して写真に写った。その場しのぎになんとかなった。

「じゃ写します。ちょっとまぶしいですががまんしてください。メガネをかけておられる方は、少しあごを引いてください」

写真屋さんがシャッターを押《お》そうとして遠くを見た。

三階の窓が開いている。子どもたちが顔を出している。写真屋さんがその方向を指さしている。小田《おだ》の教室だ。

「さっき放送したろが。窓閉めて、カーテン閉めろッて！　引っこめ！」

大声でどなった。朝の校庭にひびきわたる声が三階の窓にも届いた。何人かの先生は笑っている。教頭先生も立ち上がって一緒《いっしょ》に叫《さけ》んでいた。校長は身動きひとつせずカメラの方を向いている。窓を閉めながら何人かの子どもが両手で頭の上に丸を作っている。

「早く閉めろーッ！」

また、小田の大きな声が飛んだ。

靴を履きかえた子どもたちがゾロゾロと校庭に出てきた。また何人かの子どもが両手で頭の上に丸を作っている。

んッ！

オサムとヨシフミに支えられてヨウスケがふらふらと歩いてくる。小田は走って近づいていった。慣れない革靴で走りがぎこちない。子どもたちが笑っている。小田も笑った。

「ヨウスケ、大丈夫《だいじょうぶ》か？　オサムもヨシフミもありがとね。よかったあ」

「三階からヨウスケが来たよって合図《あいず》したのに、分からないんだから！」

メグミが怒《おこ》るように言った。

「いやー、ゴメン、ゴメン。気づかなかったよ。悪かった」

「ヨウスケ、大丈夫か？　どうやってきた？」

子どもたちが昇降口《しょうこうぐち》の方をふりむいた。昇降口のところにお母さんが立ってこちらを向いておじぎをしている。小田は手を上げて合図をすると
「ありがとうございまーす」

と大きな声で叫んでいた。モヤモヤしていたものがとれて、急に陽気になった。なんか写真写りもよくなるような気分になった。

ヨウスケは半分だるそうな感じであったが、写す瞬間《しゅんかん》はシャキッとしていた。次にグループ写真を撮《と》る。小田は写真屋さんにヨウスケのグループを一番めに撮ってくれるよう頼《たの》んだ。い

くつものグループが校庭の登り棒やジャングルジムに散っていったが、このグループの子どもたちはヨウスケのためにあまり離《はな》れていないところを選んで朝礼台で撮《と》ってあげていた。自然にそういうことができるこの子どもたちが小田《おだ》は好きであった。

当初から一時間めは写真撮影《さつえい》の時間にしてあったので、順調にグループ写真は撮れていった。小田はいちばん最初に撮り終えたヨウスケを連れて昇降口《しょうこうぐち》に向かった。グループのみんなも一緒《いっしょ》についてきた。

「今日はよかった。お母さんありがとうございました。全員がそろって写真に写ることができました。ヨウスケ、本調子じゃないようだから連れて帰ってもらえますか?」

ヨウスケをお母さんに引きわたして校門のところへ行った。班のみんなも一緒に校門で見送った。

「またな」

「それじゃ」

「明日《あした》までによくなれや」

小さく手をふって別れた。

その日の午後、ヨウスケのお母さんから電話があった。もともと発作《ほっさ》を起こしやすい体質であったが、今回は熱もあり発作が長かったので、救急車で病院に行き入院したとのことであった。

無理をさせたのがいけなかったのか……。

電話をもらってから小田はひとり悩《なや》み続けていた。子どもたちには明日の朝伝えることにして放課後、病院へ行くことにした。放課後は会議があって小田が提案しなければならないものがあった。

「自分の提案のものを会議の一番にしてくれませんか？　そして、病院に見舞《みま》いに行きたいのですが……」

「そんなに緊急《きんきゅう》ですか？」

教頭はとりつく島もない様子で受け答えをした。

……なんて薄情《はくじょう》な人だ。

クラスの子どもが入院したら、行ってらっしゃいというものが人間だろうが。こういう人には何を言っても効き目はない、こんな人間にはなりたくないと思った。退勤時間を過ぎて会議は終わった。

小田はとるものもとりあえず病院に向かった。

病院にはお母さんがいた。ヨウスケは熱も下がりぐっすり眠《ねむ》っていた。この子は三年生のときから四年間ずーっと受けもっている。途中《とちゅう》でクラス替《が》えがあったが、小田《おだ》の息子《むすこ》のようにずーっと一緒《いっしょ》だった。多少障がいがあって発作《ほっさ》を起こすことはあったが、目を離《はな》さなければそんなに大事にいたらないので、小田は楽しく一緒に過ごすことができた。しかも、ヨウスケは陽気な子だったのでトンチンカンな答えを出すたびに教室が笑いのうずになった。

一月からは受験する子どもにとっては重苦しい時期に入る。小田は内申書は書いてあげても、受験をすすめたことは一度もなかった。小学生がこんな重圧に耐《た》えるほど強くはない。まして落ちたときのショックは計りしれない。親は子どもの能力を考えずにビジョンもなく受験させる。なんでその学校に行きたいのか、子どもたちはほとんど答えられない。レールの上に乗せられているだけである。なんで受験勉強をしなければならないか、なんで受験をしなければならないか、分かっている子はほんのひとにぎりである。子どもだからやらされているというより、親の言うことを聞いていなければいけないという感覚のほうが強い。だから、若者になって、いったいオレはなんのために言うことを聞いて勉強していたんだろう。ちっとも楽しい生活を得られなかった。こうまでさせたのは誰《だれ》だ、言うことを聞いてきた親のせいだ。親を困らせてやる。こんな構図が見えてくる。学校の選択《せんたく》能力がついてきてから受験しても遅《おそ》くない。本人が学校を選択し、受験を選択するという自己主張には、自己責任が伴《ともな》うものだから。

十二月には親との面談がある。受験組だけである。意向を聞き内申書を書き上げなければならない。中学校によってそれぞれ書式が違《ちが》う。ひとり何校も受験するのでトータルするとすぐに二〇～三〇枚になる、そして、学校によって記入する項目が違う。神経を使う作業なのだ。親はそんなこととは知らず次から次へと希望を出してくる。

その日、女の子の母親が訪ねてきた。受験の相談である。賢い子であったので受験するのかなとは思っていたが、この日まで一言もなく突然《とつぜん》の訪問である。そして開口一番、

「青山学院大学中等部、駒澤《こまざわ》大学附属《ふぞく》中、筑波《つくば》大学附属中の受験」を言ってきた。

すべてを受けられるわけではないが、その選択に親のポリシーのなさを感じたのである。

「お母さん。かたやキリスト教系の中学校、もう一方は仏教系の中学ですよ、どちらに入りたいのですか？」

「……どちらでも。入れれば」

小田は腹が立ってきた。

「お子さんのこと、家の方針をもう一度検討してからにしましょう。よーく考えてきてくださ い」

「……」

学校の宿題もきちんとやってきて、放課後もクラスの仕事を手伝い、さぼることをしない子

どももいてそれで受験をする。こういう受験に小田《おだ》は賛成で何通でも内申書を書いてやった。小田自身、大学受験に何度も失敗し、暗い日々を送った経験があり、子どもたちにその苦痛を味わわせたくなかったからだ。受験という目的のためにした勉強は社会に出てどれだけ役に立つかは分からない。しかし、その間につちかった学びを小田は無駄《むだ》にしたくなかった。

二月の上旬《じょうじゅん》が中学受験の時期である。

同日試験日にしてかけもち受験をさせないようにシステムがなっている。クラスの子どもたちも、当日受験している子どもたちが欠席していてもふだん通りの学習をする。小田も遠慮会《えんりょえ》釈《しゃく》なしに学習を前に進める。ごく自然な学校のあり方である。

謝恩会

なんとなく卒業に向けてのカウントダウンが始まる。子どもたちに卒業に向けてセンチにさせようとするのではなく、小田《おだ》自身のためなのである。卒業まであと一ヶ月以上あると思って失敗したことがあるからだ。その一ヶ月以上の中には祝日もあれば日曜日もある。卒業式の練習もあれば謝恩会もあり送別球技大会もある。六年生が主役の「六年生を送る会」もある。せっぱつまって、あと二単元もある学習を最後ははしょったりしたからだ。じっくり学習する雰囲《ふんい》気《き》でなくなってくる。

謝恩会の中味も実行委員を決めて進めてきた。何度も小田が口にしたのは、「君たちが楽しむ会じゃないんだ。来てくれるお客さんに感謝をこめて楽しんでもらうためだ。君たちの感謝の気持ちが伝わるように会をしなければならないよ」

ややもすると、子どもたちはふだんやっているお楽しみ会と同じような感覚で進めてしまう。練習を見ながらくぎをさしてきた。子どもたちも何せ初めての経験なので、どのようにしたら楽しんでもらえるのか悩《なや》んだりもした。そこで小田はアドバイスをした。

「多少、ドタバタ劇になるのは仕方がない。しかし、感謝する場面になったら、シーンとして心から感謝しよう。流れにメリハリをつけよう」

小田はイメージしていた。代表の子に感謝を述べさせ、体育館を真っ暗にしてその子にスポットを当てる。メモは読ませない、覚えてから自分の言葉で言わせる。そして最後の、

「ありがとうございました」

のところでステージに並んだ子どもたち全員にライトを当てる。

代表の候補は何人かいる。メグミ、ケイ、ヨシフミ、タケシ、マサミツ……。ちょっと感きわまって泣き声が入るとよい。

メグミはまじめで男の子とも平気でやり合う女の子だから、まず泣かないだろう。

ケイは頭がするどく、しっかり覚えてきて、すらすらよどみなく言えるだろう。でも、泣き声は出てこないだろう。

ヨシフミは、まじめの上に何かがつくぐらいだから、しっかり言えるだろう。でも、スポットライトを一身に浴びていられるだろうか、何せ授業中に指されただけで顔が真っ赤になるのだから。

マサミツは、根っから陽気な子なので、心をこめて感謝するといっても、

「なんちゃって。まちがえちゃった」

なんて言葉が出て台無しになるかもしれない……。

子どもたちには、謝恩会の言葉の部分は先生に任せてくれ、監督《かんとく》は先生がやるからと了解《りょうかい》をとった。

小田《おだ》は二～三日迷った。どの子もやれないわけではない。いっそ五人並べて、いや六人並んで一年間ずつの思い出を語らせようか。しかし、しっとりとした語りの中で聞いてもらうには一人がいい。

メグミに決めた。

そうと決めたらあとは文を作ることだ。

しかし、メグミを呼んで最後の感謝の言葉を担当する話をしたが断られた。

「恥《は》ずかしいし、失敗したらいや」

「メグならできる、人の前でしっかり言えることもできるし、頭がいいから文も覚えて言うこともできる。そしてかわいい。スポットライトを浴びるのは、メグしかいない」

おだてまくって説得した。

渋々《しぶしぶ》ながら、それでもいやな気分にならずメグミは小田の提案を受けた。

「そうと決まれば、中味だ。入学から六年間の思い出をかんたんにメモってきてくれないか？明日まで」

「エー、明日まで？」

小田は椅子《いす》を立った。メグミのことをよく知っている、いつまでも話していると本当に断られそうになるからだ。


次の日、とんでもない事実が判明した。実はメグミは三年生のときに転校してきたのである。だから一・二年のときのことは分からないというのである。三年から以降のことはさすがメグミはよく書けている。一・二年のことについてはクラスのみんなで考えることにして、朝の会で思い出を出し合った。あらかた出たところで、メグミが選択《せんたく》してまとめることにした。それにしても学校生活の思い出を語らせたとき、学校行事ばかり出てくる。

「楽しかった運動会」

「お兄さん・お姉さんと行った全校遠足」

「アリババになった学芸会」……。

そういえば卒業文集の中味も同じである。99％が学校行事のことで「思い出の日光林間学園」「カレーライスを作った移動教室」「夏休みのプール」などぎっしりである。

「楽しかった算数の授業」など一枚も出てこない。小田《おだ》は教師として子どもたちに何を教えてきたのかとさえ思う。今年初めて、卒業生の中でシュンタロウが「うまく作れた社会科新聞」というのを書いた。

シュンタロウは社会科が大好きになって、細かな字で社会科新聞を見事にまとめてきた。縄《じょう》文《もん》・弥生《やよい》時代から連綿と発行し、その数は一年間で二十数枚になった。本当にタブロイド判の新聞のように書かれていた。シュンタロウが授業中に作っているのを見ると、小田もできあがりを楽しみにするほどであった。卒業生を何回も受けもち、たくさんの子どもたちに卒業文集を書かせてきたが、授業のことについて書いたのは後にも先にもシュンタロウだけであった。

謝恩会は、子どもたちのグループのコントやドタバタ劇が続き、後半になってきた。音楽の合奏で楽しんでもらおうというのである。六年間の積み重ねはさすがである。どのパートをも演奏できる。さっきまでリコーダーを吹《ふ》いていた子が、今は鉄琴《てっきん》の演奏をしている。小田の小学生の頃《ころ》はハーモニカか笛だけであった。ピアノを弾《ひ》ける子どもはクラスに何人かしかいなかった。町を歩いていて、ピアノの音が聞こえてくる家はお金持ちの家と決まっていた。今の子どもたちは、楽譜《がくふ》も読めるし弾くこともできる。時代は確実に変化していることを感じるのである。

二曲を立て続けに演奏した、実に見事なものであった。力強く堂々としていて、練習のときよりもよくできた、小田もぐっとくるような演奏であった。アンコールの拍手《はくしゅ》が親たちからわき上がり子どもたちは戸惑《とまど》った。小田もこの拍手には納得《なっとく》した。アンコールが出るほど見事な演奏であった。しかし、アンコールは想定外であったのだ。二曲しかレパートリーがないのである。司会のケイに指示して、

拍手が起こった。

「正直に話せ。二曲しか練習していません。もう一度同じ曲でいいですか？」

「どちらの曲がいいか、拍手の多さで決めます」

と司会のケイがアナウンスすると、

「二曲とも！」

という声も飛んだが、結局、一曲めのほうが拍手が大きく多かったようなので、最初のほうを演奏した。さっき一度演奏した曲だし、アンコールされて気持ちがたかぶったのか、さきほどよりすばらしい演奏になったと小田は感じた。ここまで育ててくれた音楽の石津《いしづ》先生に感謝し、ちらっとそっちを見ると顔は笑っていたが目には光るものが見えた。

さきほどよりさらに大きな拍手があって演奏は終わった。

楽器をてきぱきと片づけている子どもたちの様子も何かほこらしげであった。セット替《が》えも

終わり、全員がステージの上に並んだ。ステージ前のセンターにはマイクが立っている。いよいよ小田《おだ》の出番だ。全館のスイッチを切った。一瞬《いっしゅん》の驚《おどろ》きと静寂《せいじゃく》が続いた。メグミがそでで深呼吸をして緊張《きんちょう》している。小田はそっと近づいて、

「メグなら大丈夫《だいじょうぶ》。せりふ忘れてつまったら自分の言葉で表現しろ。ゆっくりしゃべれ」

メグミがゆっくりセンターのマイクの前に立った。

小田はスポットライトのスイッチを入れた、

「わたしたちが入学した四月は暖かい日が続き、お父さんお母さんに手を引かれて学校の校門をくぐった日は、すでに校庭の桜の木は葉桜になっていました。でも、その黄緑色の葉っぱが印象的で今でも目に焼き付いています」

ゆっくり語り始めたメグミの言葉には情感がこもっていて聞かせる。自分たちの思い出だけでなく、お世話になった方々へのお礼もちりばめられていて聞かせる。

「二年生、学校にも慣《な》れて、何かひとりで大きくなったように感じて、鉄砲玉《てっぽうだま》のように遊びに出かけては夕方暗くなるまで遊んだりしたことを覚えています。通学路に立って旗をふってくれていた主事さん、ありがとうございました。あのときはあたりまえのように思っていたけど、今思えばわたしたちの安全を見届けてくれていたんですね。ありがとうございました」

「おいしい給食を作ってくれた主事さん、ありがとうございました。わたしはピーマンが苦手

で家でも食べなかったのですが、給食に出てくるピーマンは食べられるようになりました。ちなみに、小田先生はニンジンととり肉が今でも食べられません……」

会場が大爆笑《だいばくしょう》のうずになり、みんなの視線がこっちを向いているような気がした。照れくさかった。しかし、『ちなみに』なんて言葉はついぞ教えたことはなかったのに難しい言葉を使いおって……。

順調にしかもよどみなくスピーチは進んだ。

「今、六年も卒業を迎《むか》えようとしているときに、少しだけ分かり始めました。自分ひとりでは生きていけないんだ。友達、お父さん、お母さん、先生方、主事さん方、たくさんの人たちにお世話になっていたこと、支えられて生きてきたこと。分かり始めました。本当にありがとうございました。これからは、支えてあげられる人間になっていきます。六年間本当にありがとうございました」

万雷《ばんらい》の拍手《はくしゅ》が起きた。ステージ上の子どもたちもジーッと礼をしたまま動かない。よーく見ると涙《なみだ》を流している保護者もいる。鳴りやまない拍手に小田は会場の照明をつけるのをためらった。

間をおいた。

余韻《よいん》が残って閉会を述べるお母さんがなかなか出てこない。ハンカチを目に当てている。声も出ないようだ。それでも意を決してマイクの前に立った。もう涙声《なみだごえ》になっている。

「今のメグちゃんの感謝の言葉を聞いていて、感激して涙がこぼれて止まりません。原稿《げんこう》なしであれだけのことを話せるまでに育ててくださいました、校長先生はじめ先生方・主事さん方ありがとうございました。わたしはこの学校に子どもを通わせて本当によかったと思っています……」

原稿を見ながら感謝の言葉を述べているのだが、また声がつまってハンカチを目に当てている。

「すみません……。心から感謝申し上げます。ありがとうございました」

卒業生が二列に並んで花道を作り、その中を先生方、主事さん方が子どもたちと握手《あくしゅ》しながら、あるいは頭をぽんぽんたたきながら通《とお》り抜《ぬ》け、謝恩会は終えた。

むすびに

この作品の内容はもちろんフィクションでありますが、場面によっては真実に近いところもあります。教師としてあるべき姿ではない内容もあり、今なら許されない事も多々あり、赤面の至りと言うところです。理解ある保護者に支えられ、職場の人たちにも働きやすい環境で過ごさせてもらい、何よりも子どもたちに恵まれていたという事をつくづく感じ感謝しています。様々な体験や子どもたちとの葛藤を通して私は有意義な人生を送る事が出来ました。今ふり返って私の人生はこれで良かったのか不安と不満が増すばかりでありますが、今更ふり返っても過去に夢はない、人生の終章にこの物語を書く事で読んで下さった方々が喜んでいただけたら嬉しいのです。学校は楽しいところ、夢のあるところという事を感じ取っていただければ、私の次の出発点になるのではないかと思っています。「子どもたちは社会性を持っては生まれてこない」をポリシーに……。

最後になりましたがこの本を刊行するにあたりご指導賜りました岩崎京子先生に心より感謝申し上げます。

野田照彦

野田照彦（のだ てるひこ）

埼玉大学卒業。都内公立小学校４校の校長を歴任。
教育委員会嘱託。世田谷区公立小学校長会会長。
元全国小学校学校行事研究会会長。
日本特別活動学会会員。大学非常勤講師。
岩崎京子氏に師事。

清水恵里子（しみず えりこ）

東京都出身。神奈川県在住。
東京学芸大学美術科卒業。中等教育教員養成課程（B 類）、油絵専攻。
都内公立小学校に図工専科として勤務。

オハヨーッ　またね！

発行日　2015 年 5 月 5 日　初版第一刷発行
著　者　野田照彦
装挿画　清水恵里子
発行者　佐相美佐枝
発行所　株式会社てらいんく
〒 215-0007　神奈川県川崎市麻生区向原 3-14-7
TEL　044-953-1828　　FAX　044-959-1803
振替　00250-0-85472
印刷所　株式会社厚徳社

ISBN978-4-86261-112-3　C0093

定価はカバーに表示してあります。
落丁・乱丁のお取り替えは送料小社負担でいたします。
購入書店名を明記のうえ、直接小社制作部までお送りください。